壞姊妹

悪い姉

渡邊優

わたなべゆう

高詹燦　譯

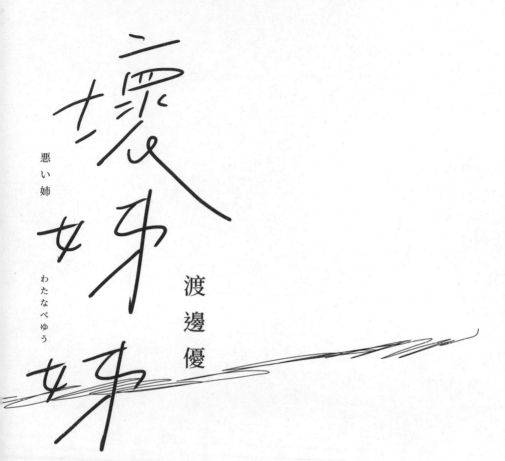

1

我心想，這是為了擁有安穩的生活才殺人，所以絕不能讓人知道。那是這場夢的開端。

我在自己的房間裡，手裡握著一把刀。那是又薄又小的水果刀，很像削蘋果皮的時候會用到的。窗外射進的月光在地板上延伸，整個房間染成一片青色，宛如置身海底。

姊姊在隔壁房間。她亮澤的秀髮往枕頭的兩側披散開來，柔柔地閉上她白皙的眼皮，感覺不出有任何苦悶、煩惱、疼痛，深深沉浸在安穩的睡眠中。長長的睫毛、血色的紅唇。小時候覺得姊姊就像白雪公主。現在也這麼覺得。例如她長得很美，還有，儘管一再地想殺掉她，卻怎麼也死不了。

皇后怎麼會選擇用毒蘋果這麼無趣的手段呢。用刀子明明可以很確實地收拾她的性命啊。

我一邊這樣思索，一邊躡腳走出房間，在幽暗的走廊上前進。伸手握住姊姊房門的門把。那冰涼的觸感提高了我的緊張感。我屏氣斂息緩緩推開門，月光果然從打開的門縫溢洩而出。

我覺得有可能成功。今天有可能辦到。我一定能做到，從明天起，我就能活在一個沒有姊姊存在的世界裡了。那個世界很安全、祥和、充滿無法撼動的希望。與現在這個有姊姊在的世界相比，大家一定能過得更幸福。當然了，我也會很幸福。因為讓我的未來完全籠罩在黑暗下的那道暗影，將會消失不見。

光是想像就差點流下淚來。我胸中凝聚著一股慢慢擴散開來的溫暖勇氣，朝姊姊的房間跨出一步。擺在窗邊的，是和我房間一樣的白色床鋪。雖然這只是一小步……

姊姊沒在床上。在月光照耀下的藍白色床單，微微呈現出姊姊的凹陷形體。我胸中的溫熱消失。我感覺到有人的氣息，猛然轉身。

姊姊就站在我身後。她站在走廊的幽暗中，月光只照向她嘴巴。她的嘴唇露出微笑。

「麻友。」

我大叫一聲，掄起小刀朝她臉上揮落。溫熱的鮮血四濺。這夢就此結束。

我心臟噗通噗通直跳，全身汗如雨下。窗外已完全天亮，月光早已不見蹤影。隔壁房間微微傳來聲響。是姊姊。姊姊今天一樣活著。

我在床上深深發出一聲長嘆。心中暗呼「太好了」。那是夢。好在只是夢。因鬆了口氣，全身緊繃的力氣就此洩去。心跳也慢慢恢復平穩。

真的很慶幸只是一場夢。

要是用小刀行兇，馬上就讓人知道這是兇殺案。

我是為了擁有安穩的人生才想殺死姊姊，所以這事絕不能穿幫。最好的做法，就是佯裝成一起事故。得仔細擬定計畫，謹慎小心地執行，一次就搞定。

希望在我升高三的春天，真正開始為準備大考而用功念書之前，能辦妥這件事。為了在沒有姊姊存在的世界，能自由地選擇自己的未來。我只剩一年的緩衝時間了。

我在班上有個在意的對象。所以最近上學都很開心。

早起也一點都不以為苦。為了將平時睡醒都會亂翹的左邊劉海梳理整齊，讓容易下垂的睫毛往上翹，我刻意早起，想到這裡，就覺得去年以前的我好像不曾存在過似的。現在我只要一醒來，五秒後便會起身離開床鋪。如果是做了很不舒服的噩夢，那就另當別論，不過，這種情形一週只會出現兩、三次，頂多也只有四次。

我今年第一次和他同班。他在我的世界裡登場，至今已過了一個多月。這一個多月的時間裡，一直都在意同一個人，是很不簡單的一件事。我大概是真的喜歡上他了。

我站在洗臉臺的大鏡子前。將火燙的離子夾從貼近前額的髮根處開始夾住，一路燙向劉海，把那可恨的鬈翹燙平。柔順的短鮑伯頭，如果是在好的狀態下，會顯得清亮、活潑、純潔、清新、潔淨、可愛，是向人宣告「我是女高中生」的最強成品，但如果在不好的狀態下，會讓人覺得媽的、遜斃了、醜女、爆爛、我要是沒出生就好了，它就是變動如此大的髮型。早上看鏡子的瞬間，將會決定一天的心情。今天很普通。要是劉海能燙直的話，一整天都會有好心情。至少不會因為覺得自己醜而難過，無法跟他說話。

他一點都不帥。就是這點好。我能很輕鬆地找他聊天。他的身高也沒多高，像我在女生當中算是中等身高，而他也只比我高幾公分而已。但怎麼說呢，他有點駝背，所以要是挺胸站直的話，也許會出奇地高，讓我感到心跳加速。如果是這樣當然再好不過了。

不過，他的魅力其實不在外表。他最出色的地方，在於大家都叫他阿佳。男女都這樣叫他。這點最棒了。他這個人容易親近，為人和善，每個人都會想親暱地喊著「欸欸阿佳」。他的本名是「佳希」。字面寫起來好看，念起來也好聽。但我從沒叫過他阿佳或是佳希。我都叫他小野寺同學。這是我的戰略。

我和阿佳（我在心裡這麼叫他）的邂逅，其實一點都不特別。我們就只是因為每年制式化的換班而編進同一個班級，就此成為同學的關係。我們的座位離得很近。我們班上不會分成男女族群或小團體，大部分都是個性和善，可以輕鬆聊天的學生，所以在這種祥和的氣氛中，就像我和其他同學逐漸變熟一樣，我和阿佳之間也沒發生什麼特別印象深刻的契機，就這樣很普通的開始交談。我們聊的內容包括上課、朋友、音樂（阿佳愛聽音樂！我也愛聽！）。不過，大部分都是和其他朋友一起聊，只有我們兩人單獨閒聊的次數，五根手指數得出來。

我和阿佳之間，完全沒有什麼值得一提的小故事。也不曾發生過任何契機，讓我像觸電般墜入情網。我認為這是最棒的一件事。我們之間沒發生過任何小故事，我就這樣喜歡上阿佳。不過，坐他旁邊的同學有東西掉地上，他馬上就幫忙撿起；上課時有人開玩笑，他真的笑得很開懷；有人出糗或失敗時，他以溫柔的聲音輕輕說一句「別在意」；在歷史課中提到悲慘的事件時，他會突然挺直腰桿專注聆聽，像這些連小故事都稱不上的日常生活態度，深深吸引了我，就只是一再展開平凡無奇的對話，對他充滿好感。

我的劉海終於在熱和壓力的雙重作用下屈服，我抹上髮油，最後再迅速將頭髮梳理過一遍。鏡子裡的我一副笑咪咪的模樣。只要一想到阿佳，就忍不住嘴角上揚。雖然連我自己都覺得噁心，但無所謂啦。因為面露微笑有益健康。

我甚至很想哼歌。但我感覺到洗手間的門後有人，所以急忙將來到鼻孔處的旋律忍了下來。

不行、不行。

我現在置身幸福中這件事，不能讓家中的任何人察覺。已經太久沒有這種愉快的心情了，差點不小心完全喜溢眉宇，不過，在這個世界要是稍有大意，便有可能沒命。這是我在過往人生中得到的痛苦教訓。沒命，也就是死。我們人只要疏忽大意，便會死。所以收服阿佳，讓他成為我的男朋友，和他親熱，這一連串的過程都非得謹慎進行不可。因為我不想死，也不希望阿佳死。我再也不想失去重要的人了。

我輕輕碰觸那隱藏在我努力燙直的劉海底下，至今仍未消失，幼年時期留下的傷疤。門外的氣息已消失在二樓。我短短吁了口氣，朝鏡子中那張露出健康笑容的臉，牽動臉部的肌肉。我收起笑容，微微垂眼，嘴角垂落，擺出一張毫無幹勁、對明日不抱持希望、滿臉睏意、慵懶、充滿不幸的十幾歲女孩的臉。這是平時在家中的我，一個不幸的次女臉上的表情。

走出洗手間，在客廳的桌子上吃完早餐，我便走出家門，離上課時間還有很充裕的時間。在走出玄關前，我多次和父母以及今天早上在夢裡沒殺成的姊姊打照面，但沒人發現我的幸福以及殺意。

春天。

電車車窗外流淌而過的景致，全是春色。

以東京以及歷年的平均時間來看，今年來得特別晚，不過我住的世界也開始變得春色漸濃。粉紅色、黃色、水藍色、淡綠色，這些讓生物感到幸福的顏色，一味地映入眼中。我是生物，所以當然也覺得幸福。而且我是個戀愛中的生物。

電車駛入車站後，我的臉映照在暗處的車窗上。我向來都是在電車駛進這座車站時，從書包裡取出口紅塗抹。這時候要是錯過，可就沒機會了。因為阿佳會在下一站上車。

我用的口紅，不是像笨蛋般的粉紅，也不是像傻瓜般的鮮紅，而是名為「Mandarin Cherry」，很纖細的橘色。雖然不是很鮮豔的顏色，但嘴唇能呈現出自然的潤澤感，還有像櫻桃口味的零食般的甘甜氣味。那氣味讓人聯想到春天後面的季節。

電車駛離車站後，我滿心雀躍。下一站開啟的車門，它對面的車門附近，是我向來會站的位置。雖然還不至於到動彈不得的地步，但在這擁擠的車廂內，要和上車的他打招呼，實在有點困難。不過，阿佳向來都不會看手機，或是低著頭，而是直直地往前走，所以每天早上他坐上電車的瞬間，目光都會投向車廂內。然後就會發現我。阿佳以他的雙眼捕捉到我的存在，朝我微微一笑，點頭致意。點頭致意！這是多棒的文化啊。

為了避開姊姊，我從今年開始提早出門搭電車。然後遇上阿佳向我點頭致意。這對我來說，著實諷刺，但雖然諷刺，卻完全無損於阿佳向我點頭致意的價值。如果說我和阿佳之間有什麼比較特別的關係，大概就只有早上的點頭致意了。我們並非只是同學，而是每天早上會在同一班電車上相遇，互相點頭致意的同學。阿佳是個有禮貌的人，所以像在電車裡遇到認識的人，因為嫌麻煩而裝沒看到的這種行為，他當然不會做，不過，這並不是一般的點頭致意。哎呀，點頭致意就只是一般的客套應對，根本沒有什麼特別性可言，會說這種話的人，是因為沒親眼目睹他點頭致意的方式。如果親眼看過，馬上便會明白，這是很棒的點頭致意。像微笑的時機、低頭的角度、視線的移動，這一切都如實說明了他的點頭致意中帶有滿滿的心意。至少阿佳給了我勇氣，讓我知道他好像不討厭我。

不過，向我點頭致意，讓我充滿希望的阿佳，馬上便轉頭望向車窗，背對著我。這其實也很普通吧。因為搭電車的人又不光只有我一個，他不想和其他乘客目光交會，而且窗外有許多有趣的事物。所以他一上車馬上背對我，並不是在否定我對他釋出的善意。

不過，電車到站後發生的事，可就教人有點難過了。

阿佳那一側的車門開啟。他一如平時，頭也不回地走下電車。這也是沒辦法的事。

這是離學校最近的一站，我們學校的學生都在這裡下車。在擁擠的出入口附近慢吞吞的，只會擋路。不過，阿佳踩著毫不遲疑的步履，走在月臺上，他選擇走樓梯來到地面上，而不是搭手扶梯。我慢吞吞地走著，漸漸從後面與他拉大距離，來到通往學校的上坡路時，我只能望著阿佳那遠遠走在前方的駝背身影，怎麼也不可能追得上。

他走下電車後，只要留在原地等我四秒，我們不就能一起上學了嗎。阿佳卻不等我。我覺得這有點……不，應該說傷心欲絕。雖然他肯對我點頭致意，但卻連花四秒的時間等我都不肯，我就是這麼沒價值的女人。點頭致意終究只是客套應對吧，或許他根本不想和我一起走。

可是……可是……唯獨阿佳我無法加以責備。因為就算是我用四秒的時間賣力地往前跑，也還是不可能追上阿佳。別再慢吞吞地走，也別站在手扶梯的左側，別只是目送阿佳逐漸遠去的背影，只要邁動雙腳，俐落地奔向前，伸手朝他右肩一拍就行了。朝他說一聲「早安」，若無其事地與他並肩而行，針對今天要上的課，問一些早就知道的事，這樣就行了。世上最溫柔的阿佳，應該會為我放慢腳步。我們將一起走上坡道，穿過學校校門，在鞋櫃前談天說笑，滿面春風的走上通往教室的樓梯。

但我沒這個勇氣。阿佳要是討厭我，那該怎麼辦？一想到這點我就害怕。別說和我一起走了，要是他連我拍他右肩、和我一起笑，都感到排斥的話，那該怎麼辦？因為阿佳都沒停下來等我，很有這個可能。只要他不停下來等我，我就不可能追得上他。

唉——我長嘆一聲，心中的雀躍就此一掃而空。

才剛覺得歡欣雀躍，旋即又陷入絕望。自己無法操控的這種感覺無比熟悉。國中時，主動接近自己第一次真的喜歡的男孩，心裡同樣很不安。

一會兒滿心歡喜，一會兒情緒低落，但還是覺得很開心。最後還是和那名男生交往，姑且也算是留下短暫的幸福回憶。但之後只過了短短兩週就被甩了，那成了我最不堪的回憶。那男生完全沒錯。他一臉歉疚地向我道歉，並對我說，我的眼睛和姊姊長得太像，他實在沒辦法接受。

唉，不行。

還是別再回想了。我不希望一大早就有想死的念頭。當時失去的許多事物，等晚上睡前再來想。現在我滿腦子只想著這場沒任何小故事的戀情。

我發現，當初和我短短交往了兩週的那名男生，我已幾乎想不起他長什麼樣子。我喜歡他那女低音般的聲音。不過，他當時應該正在變聲吧。而且現在我已經認識別的男生，對方每天早上都會和我點頭致意。

再過二十秒左右，就能見到阿佳的笑臉。雀躍的興奮再度湧現。我再次確認自己映照在車窗上的劉海。

電車開始減速。我緩緩轉身，背抵車門。為了擺出不讓他覺得我是在等他的自然笑臉，與他四目交接。

今天我就試著追上他吧，我腦中一時浮現這個念頭。就強行撥開人群，奮力一拚吧。試著跟他搭話。要是他露出排斥的表情，明天再改攻為守就行了。反正這場戀情也不會因為這樣就結束。

電車駛進月臺。一整排的人臉一路往右邊流逝。

咦，怎麼辦？真的要追上前去嗎？真的要奮力一拚嗎？

我對自己一時興起的念頭感到猶豫不決。等等，我還沒作好心理準備。今天還是算了吧。我這樣，不就是一時衝動，事後才後悔的那種人嗎？要是改成明天呢？不過，突然腦中浮現這樣的想法，會不會也是命運的安排呢？也許是命運女神讓我靈光一閃，浮現這樣的想法。要是對這難得的想法置之不理，也許會就此與女神為敵。我該採取行動嗎？

電車停下。可以清楚看見月臺上排隊的人臉。伴隨著空氣洩出的聲響，電車門就此開啟。隨著一陣像薄荷般清爽的春天氣息，湧入大批人潮。

我極力壓抑自己激昂的心跳聲，在人群中找尋阿佳的臉龐。

找尋那微鬈的短髮、垂落的眉毛、白淨的臉頰。

人們陸續上車。我找尋那平時一下子就能找到的臉孔。

咦？我感到納悶。

奇怪。平時明明都不用刻意找尋啊。

用不著尋找，就會牢牢捕捉我視線的那張臉龐，今天卻遍尋不著。阿佳不在這裡頭。

最後一個人走上車。告知即將發車的旋律響起。伴隨著空氣洩出的聲響，電車門關上。

阿佳沒上車。

自從我知道有他這個人的存在後，第一次發生這種情況。

阿佳該不會死了吧？所以才沒來上學。就算沒死，也可能是因為感冒、腸胃炎、偏頭痛等毛病而人不舒服，今天請假。如果他不來上學，沒搭電車也是理所當然。這很有可能。嗯，也許就是這樣。

還是說，阿佳睡過頭了。春眠不覺曉，就算是凡事認真的阿佳，有時也會不小心睡過頭。要不就是他早上出了什麼狀況。忘了帶月票、和家人吵架、平時常走的馬路遇上施工。因為某個原因，而趕不上平時常坐的電車。沒辦法，這是常有的事。阿佳會搭下一班電車。我會在學校見到他。

或者是……雖然我覺得這完全不可能，可能性極低，但這念頭還是在腦中揮之不去。理性的我在心裡想「這絕不可能」，悲觀的我則在心裡想「一定就是這樣」，兩個不同的我同時存在。悲觀的我聲音比較大。

也就是說，阿佳很討厭我。這令他覺得不舒服。於是他錯開搭電車的時間。每天早上要和我碰面的痛苦，他已無法承受。他生理上無法接受我的存在。怎麼辦？像我這樣的人，是否該就此從他面前消失呢？

沒載著阿佳的電車就此駛離，行駛在平時的路線上，停在下一站，我走下車。走出月臺，爬上坡道，朝學校走去。我想了許多事。不但想了許久想不出答案，思緒甚至變得愈來愈複雜，就此成了妄想。校門旁的整排櫻花樹，很晚才綻放的櫻花送來陣陣花香。我心想，這氣味聞了真不舒服。

突然想到一件事。

阿佳也許知道我那壞姊姊的事。

姊姊和我只差一歲，我們在學校念同屆。她是在四月的清澈晴空下誕生。我則是在降下殘雪的三月寒天下誕生。

我們長得不像。就連我都覺得姊姊確實是位美女，至於我，雖然要承認這點教人難過，但我真的長得很平凡。光憑外表來看，不會發現我們有血緣關係。不過，當人們知道我們是姊妹後，就會說「哦，眼睛長得很像」。連我也覺得我們就只有眼睛長得像。不光眼形，還有瞳孔顏色。就日本人來說，是顏色偏淡的褐色虹膜。

除此之外，當然是一樣的姓氏。倉石。這個姓氏不算罕見，但同一屆裡頭，和我們同姓氏的人並不多。

有人恨死了這個眼睛和姓氏。在小學和國中的同屆學生當中。就我所知就有幾個人。這也是無可奈何的事。

參加高中入學考時，我只希望能和姊姊讀不同學校。但這個願望沒能實現。因為姊姊說「我想和麻友念同一所學校」，她的願望實現了。

「打起精神來嘛。」

繪莉如此說道，遞了一個金色包裝紙的巧克力給我。草莓香氣撲鼻而來。嘗了之後，確實是草莓口味。我覺得好吃，朝她伸手，繪莉又給了我另一個巧克力。繪莉真溫柔，我最喜歡她了。

「可是，我還是無法打起精神來。」

「那妳還我。」

我一把握住，不讓繪莉搶走巧克力。抬起原本趴在桌上的頭，望向前方。

午休時分的教室。排列整齊的課桌、黑板、從左手邊的窗戶照進的白亮陽光。阿佳也在其中。我因為心裡難過，不想望向他的方向，但我的眼睛就像會瞬間捕捉阿佳身影的雷達般。一早我走進教室，發現阿佳人已在教室裡。他因生病請假，或是因遲到而沒坐上平時那班電車的可能性就此消失。於是我從早上便一直在想剩下的可能性，覺得阿佳是討厭我，為此難過得想要作嘔。

「如果要我以第三者的觀點來說句話，」

繪莉見我一直趴在桌上一動也不動很擔心，我對她說出感到絕望的理由後，她對我說道。

「我想，應該是和麻友妳沒什麼關係的理由吧。而且我也覺得阿佳並不討厭妳。」

「不，我一定是被他嫌棄了。」

「可是，阿佳和妳之間的關係，又不會產生討厭或嫌隙這種情感。」

「話是這樣沒錯，可是……」

可是……

……原來如此。也許真是這樣。

說真的，我和他的關係有那麼不好，到被他嫌棄的地步嗎？

朋友冷靜的意見，讓我稍微恢復了冷靜。不，我的姊姊，這個令我擔心的問題還是在。

「妳真那麼在意的話，跟他問個明白不就得了嗎。應該說，這反而是個機會。這會是你們開始講話的契機。妳就問他，你今天早上沒搭那班電車呢，怎麼了嗎？」

「問得這麼深入，我辦不到。」

「一點都不深入。這是再普通不過的閒話家常。」

「不要。我做不到。」

「啊，那這樣好了，要是妳今天敢向阿佳詢問的話，我再送妳一顆巧克力。但要是妳不敢問，就給我一千圓。如何？」

竟然拿別人的戀情來下賭。繪莉就像提出了一個出色的提案似的，以自豪的眼神露出微笑。繪莉之所以對戀愛能如此輕鬆以對，那是因為她有甜美的聲音、修長的手腳、像羽毛般柔順的秀髮，一個備受上天眷顧的女孩。雖然偶爾也會說傻話，但基本上個性溫柔，聰慧過人。如果我是繪莉的話，不管對象是誰，應該都敢開口詢問吧。

「我說妳啊，與其不敢開口問，一直自己一個人難過，最後還得損失一千圓，還不如乾脆一點，放手一搏，這樣還有巧克力吃哦。」

我是上高中後才認識繪莉。所以她不知道我姊姊的事。我姊姊和我同校的事，我也沒告訴這位最要好的朋友。我希望繪莉永遠都別知道。因為我不想說那些可怕的事給她這樣的好女孩聽。而且，不知道反而還比較安全。

「我先付妳錢，請給我巧克力。」

我一手握著巧克力，伸出另一隻手。

本以為她會回我一句「不行」，但沒想到繪莉在我手裡又放了一顆氣味甘甜的金色巧克力。

「加油哦。」

繪莉開心的回以一笑，嘴唇是櫻紅的色澤。一個很適合粉色系的女孩。真好。

我雖然不適合粉色系，但我已經有了向阿佳搭話的理由。

「小野寺同學。」

阿佳獨自走在體育館旁那條無人的碎石子路上，我來到他身後三公尺處，開口叫喚。阿佳回頭而望。看到我之後，他微微睜大眼睛。

「倉石同學。」

為什麼妳會在這兒？他的眼神這樣說道。阿佳雙手各握著一個大垃圾袋。因為他正穿過體育館旁，要到前方的垃圾場丟垃圾。我則是什麼也沒拿。因為我一路跟著他走來。

「我幫你拿一個。」

我拉近與阿佳的距離，從他手中搶下一個垃圾袋。阿佳一臉納悶的神情，但還是回了我一句「啊，謝謝」。真是個好人。

我走在阿佳身旁，心想，我可真是個無藥可救的笨女人。我原本也不想做得這麼刻意，表現得很自然才是我的風格啊。

起初我本想用普通的方式，看準機會在教室裡和他搭話。表現得若無其事、輕鬆自然。不過，就在這樣磨磨蹭蹭的過程中，轉眼就快放學了，繪莉開始朝我嘻皮笑臉地說道「真是遺憾啊」。以繪莉的作風，像這種情況，她是真的會向我強行收取一千圓。算了，不過就區區一千圓罷了——我可沒闊綽到會有這樣的想法。

「我把錢包忘在那臺自動販賣機那兒了。我過來拿的時候，正好看到你路過。看起來好像很重呢。」

我說出事先準備好的說詞，小心地避免講得太快。

「哦，這樣啊。謝謝。」

阿佳露出恍然大悟的笑臉，再次道謝。他人也太好了吧。我這樣不太自然地跟他搭話，他卻沒擺出嫌棄的表情。至少目前是如此。

「不會啦，我只是在想，你一次拿兩個應該很吃力吧。」

兩個垃圾袋都只裝了一半，看起來很輕，拿起來一點都不吃力。但阿佳還是把比較輕的垃圾袋遞給我。他真討人喜歡。

「垃圾場很遠對吧。」

阿佳開口說了一句無關緊要，可有可無的話。我喜歡他的發音。聽起來無比輕柔，充滿療癒。

「是啊，很遠。」

「每次猜拳倒垃圾，我都會輸。真的一次也沒贏過。」

他很自然地說著無關緊要的話，我聽了很開心。看來阿佳沒討厭我，也不是因為知道我有個壞姊姊而疏遠我。這下我就放心多了。覺得鬆了口氣，甚至有股想哭的衝動。

這時，每走一步便發出的碎石子聲響、體育館傳出學生們準備社團活動的雜音，頓時都變得悅耳。就連一路連向後山的柵欄鐵鏽，以及底部長出的雜草，看起來也顯得賞心悅目。我和阿佳兩人走在這麼美好的地方。好在我自暴自棄地對他展開突擊，還真是做對了呢。我心中微微湧現自信。

「小野寺同學，我們早上都坐同一班電車呢。」

「啊，對。」

這是再普通不過的閒話家常——我一邊回想繪莉說過的話，一邊對他說道。

「你今天早上沒搭那班電車對吧。怎麼了嗎？」

「對吧」語尾的音有點偏高。我斜眼偷偷打量阿佳。

「啊，嗯。因為今天比較早起。」

「哦——是不是有什麼事要辦啊？」

「不，也沒什麼事，大概是因為昨天太早睡了吧。」

「這樣啊。」

「我九點就睡了。」

「這麼早啊，跟小孩子一樣。小野寺同學，你真有趣。」

我腦中那個冷靜的我一直在說「這哪裡有趣」，但另一個雀躍的我卻發自內心感到既有趣又開心，因此笑了起來。明明沒事卻早睡早起的阿佳！真的是太有趣、太可愛了。

「你今天也會九點就睡嗎？」

「不，我會硬撐著不睡。」

「一定要啊。早上看不到你，怪寂寞的。」

我一口氣說出這句話。終於說出口了！但心裡卻又覺得，這句話可能說得太過火了。但既然話已說出口，也沒辦法收回了。不，沒關係的。若無其事說這種話的女生大有人在。

「我今天早上也很寂寞。」

走在乾燥的碎石子上，我微微絆了一下。

握在手中的垃圾袋發出啪嚓一聲。

「啊，抱歉，這話由我來說有點噁心。澄清一下，我不是那個噁心的意思。」

阿佳抬起手，原本就駝的背顯得更駝了。

我定睛注視著他的臉，說不出話來。取而代之的，是哈哈大笑。笑聲無比開朗。

「哎呀，連我自己都覺得噁心。我剛才真的沒有那個噁心的意思。」

為什麼這樣說。我明明就希望他有那個噁心的意思。

「我一點都不覺得噁心啊。為什麼這樣說？小野寺同學，你真有趣。」

「我是說真的，能在電車上遇見認識的人，覺得很開心。就是這種很純潔的含意。」

哈哈，我再度發出開朗的笑聲。「早上能見到你，我也很開心啊」，我順勢這樣應道。

一陣風從山上吹來，滿含綠意的氣味。我發現有一片櫻花花瓣在腳下飛舞。是從校門的方向飛來的嗎？好美。正當我深吸一口氣，想告訴阿佳這件事時，他重重吁了口氣。

「啊～那就好。我原本還以為倉石同學妳該不會是討厭我吧。」

「咦，不會吧？」

「不，是我自己的自我意識過剩。」

「不會吧，為什麼這樣說？我一點都不討厭你啊。」

「哦～太好了。」

「為什麼你會這麼想？告訴我嘛。」

我用可愛的內八走法縮短與阿佳的距離，不小心踩向那片櫻花花瓣。花瓣的事已經不重要了。原來阿佳一直很在意我！

「不，這太教人難為情了。」

「可能是我太冷淡吧。」

「不不不，不是的。不是這樣。」

「不然是怎樣？」

「呃……是妳對我的稱呼。」

稱呼？

大家都叫他阿佳。因為他個性溫柔，讓每個人都想直接叫他阿佳。所以我才會一直都叫他小野寺同學，視此為高深的策略。

我的策略似乎完美奏效了。我緊握手中的垃圾袋，很想像惡魔一樣微笑，但我強忍了下來。此刻我心情絕佳。

「你說稱呼？」

我想拉長這個話題，因而像惡魔般裝傻。阿佳露出可愛的難為情模樣，提到我都不叫他阿佳的事。

「倉石同學，妳和大家都處得很好，而且都用綽號來稱呼他們。所以我才會覺得，奇怪，怎麼只有我不一樣？好像是這樣吧。啊，抱歉。我不該說的。」

「還好你跟我說。」

「不，因為我這樣說，聽起來好像是要妳也叫我『阿佳』一樣吧？這麼一來就真的很噁心，怎樣也解釋不清了。抱歉。」

「我也很想這樣叫你，但我只是有點擔心，不知道自己可不可以這樣叫你。」

「妳當然可以這樣叫我啊。不過，妳也不必勉強自己這樣叫。就照妳自己的意思吧。」

「阿佳。」

我短暫地閉上眼睛，如此說道。

要是他覺得我噁心怎麼辦？我惴惴不安的睜開眼睛。一旁的阿佳耳根微微泛紅，應了聲「是」。

體育館的牆壁在前方數公尺來到盡頭，再過去是午後灑滿一地的柔和陽光。往右轉便是垃圾場。我們在亮光中一路前進。

啊，剛才我們兩人有了小故事。我和阿佳兩人一起去倒垃圾的小故事。我第一次叫他阿佳的小故事。我無意義的傻笑不止，心裡開心極了，終於發生了一件幸福的事。

總是會有好的結果等著要獻給勇敢採取行動的人。此刻早已飄飄然的我，心裡想著要叫繪莉送我價值上千圓的禮物。不過現在更重要的，是要拜託阿佳一件事。在這樣的氣氛下，我開得了口。

「那麼，如果可以的話，我希望你也能改變對我的稱呼。」

請不要叫我倉石同學。

請直接叫我的名字——這麼難為情的事我之前一直都說不出口，但現在就開得了口。如果是兩人一同走在和暖陽光下的這個時機。

我們繞過體育館的轉角，午後的陽光從正面傾注而下。整個開闊的運動場盡收眼底，它前方的角落就是垃圾場。我瞇起眼睛。

那裡有人影。

是兩名穿著制服的女生。手裡拿著打掃用具，但她們並非在打掃，就只是站在那裡。其中一人背對著我，她那一頭烏黑長髮的背影，吸引了我的目光。

「咦，這樣的話，我該怎麼稱呼妳呢？」

一旁阿佳那溫柔的聲音，完全傳不進我耳中。

黑髮。我覺得連那每一根頭髮我都一清二楚。我頓時明白，絕對就是我想的那樣。心中有一個我大感錯愕，直呼怎麼會有這麼巧的事，而另一個我則是平靜的冷笑道，每次都這麼碰巧。就像感應到我的絕望般，那個背影轉過身來。

白皙的臉頰、大大的眼睛、泛著笑意的紅唇。淡褐色的眼瞳。

是姊姊。

倉石凜就在我面前。

「啊，麻友！」

姊姊一臉開心地舉起右手。

我知道身旁的阿佳一度轉頭望向姊姊，接著又轉頭望向我。不得已，我只好抬起手揮了幾下。硬擠出笑臉和開朗的聲音。

「呀呼～」

呀呼個鬼啦，笨蛋，我腦中那個強悍的我訓斥著我。我也沒辦法啊，另一個懦弱的我回應道。這種場面下，也只能回一句「呀呼」了。

我有股衝動，想就這樣轉身逃離姊姊，但我還是和阿佳一起邁步朝姊姊走去。我還是得丟垃圾才行。姊姊和顏悅色地歡迎我們兩人走近。她的視線迅速掃向阿佳全身。

我想起今天早上做的夢。在藍白色的月光下，朝我身後悄悄靠近的姊姊。雖然覺得自己做了個很討厭的夢，但夢究竟是夢。與此刻的現實相比，遠遠輕鬆多了。現實中的我，就算看到姊姊突然現身我面前，也無法大聲尖叫，而且我手無寸鐵。

「妳朋友嗎？」

姊姊身旁那名不認識的女孩，若無其事地向姊姊詢問。

「不，她是我妹妹。」

姊姊踩著輕盈的步伐一個轉身，和我臉挨著臉。她的頭髮碰觸到我的肩膀。

「咦，小凜妳有妹妹啊。」

「嗯，長得很像吧？」

「這麼說來，她是一年級嘍？」

「不，我們同屆。一個四月生，一個三月生，只差一歲。咦，妳念哪一班啊？」

我從交談的她們兩人身旁穿過，將一直握在手中的垃圾袋扔進後方的垃圾場。直到剛才為止，我都覺得這垃圾袋就像是為我們的小故事作點綴的迷人道具，但現在就只是普通的垃圾。

「六班。」

我露出完美的笑容，對姊姊身旁的女孩說道。這女孩的短髮規矩的掛在耳後，感覺跑起來速度飛快。與我國中時一位同屆的學生有幾分相似。這件事又令我感到焦躁起來。

「那我走嘍。」

我以眼角餘光確認阿佳已丟完垃圾後，抬起單手揮別。

「咦，再多聊一會兒嘛。」

姊姊抓住我西裝外套的下襬，噘起小嘴。

「不是輪到妳打掃嗎？回家再聊吧。」

我用力拉回西裝外套的下襬，從姊姊手中逃脫。那一瞬間，姊姊看我的雙眼瞇成一道細縫。她的視線轉向一旁，投向阿佳。

我也望向阿佳。與姊姊目光交會的阿佳，露出他平時那眉尾下垂的爽朗笑容，微微點頭致意。阿佳的點頭致意。充滿暖意的由衷致意。

「……姊姊妳不是在打掃嗎。喏，要認真打掃。」

我一面說，一面離姊姊遠去，想就此擺脫她。「麻友，妳太認真了啦。」姊姊笑著說道，我再次跟她說了一聲「再見」，抬手朝她揮別。

「掰掰。」

姊姊朝我和阿佳揮動雙手。阿佳再次朝她點頭致意。

背對姊姊離去後，聽到那名短髮女生說了一句「妳們感情真好」。姊姊以興奮的聲音應道「是啊，姊妹情深」。我頭也不回地繞過體育館的轉角。阿佳走在我右側，一走進暗處，我便比出左手的中指。這是我目前能做的唯一恫嚇方式。

「倉石同學，原來妳有姊姊啊。」

阿佳顯得又驚訝又感興趣，以開朗的聲音說道。這是與班上同學的姊妹不期而遇時，很常有的聲音。

「是啊。」

不過她很快就會不在了。

「姊妹念同一所學校，感情真好。真教人羨慕。」

「我們長得不像吧？」

「怎麼說好呢。眼睛給人的感覺有幾分相似。另外，氣質也有點像。」

「像嗎？」

「嗯，有幾分相似。」

我恨死了這種相似，但我沒說。阿佳只是發表了一個很安全的評論。對感情好的一對姊妹花所做的一種再普通不過的評論。

我因剛才發生的不幸事件而感到心不在焉，好不容易有這個機會走在阿佳身旁，卻感而無比空虛。原本高漲的幸福感，就此悲慘地萎縮。我們兩人第一次發生這種特別的小故事，難道會就此結束？

「啊，不過，我看還是別用姓氏來稱呼比較好。」

我因阿佳的聲音而抬起頭來。

「因為妳姊姊和妳同屆對吧。這樣今後也許會造成混亂。」

阿佳筆直的望著前方說道。明明身處體育館的暗處，但他眼中卻映照出從樹葉間灑落的陽光。

「有這個可能，很有可能。」

「這樣的話，如果不會造成妳的困擾，我以後就叫妳麻友同學吧。」

「叫麻友就行了。」

「不不不，直呼女生的名字，別人會跟我說，阿佳，你也太得寸進尺了吧。」

「誰會這樣說啊。」

哈哈哈，我從腹中發出輕鬆的笑聲。就像濃霧散去般，此刻我腦中再度滿滿都是阿佳。我把遇見姊姊的不幸拋諸腦後，心中洋溢著幸福。

我好喜歡阿佳。這是我人生中感受最強的一次。

這時，我西裝外套口袋裡的手機震動。震動發出聲響，向人宣告它帶來的通知。阿佳應該也聽到了吧。不得已，我只好取出手機。

顯示畫面上出現「姊」這個字。

是姊姊傳來LINE的訊息。

顯示在預覽畫面上的簡短文字映入我眼中。在我理解那文字含意的同時，我關掉畫面。

『剛才的醜男是誰？　哈』

我先去了一趟圖書館才返家。原本只是想去圖書館稍微看一下，但等我回過神來，已待了一個多小時。我對《身邊的毒草》這本書看得太過入迷。我對鈴蘭、鬱金香、繡球花所擁有的毒性名稱以及效果，做了一番調查。我家庭院也種了鈴蘭。開花的季節就快到了。

在紫色的薄暮中，我獨自從車站走回家。走了約十分鐘左右，便可望見我家那黯淡的綠色屋頂。穿過大門，打開玄關門，旋即傳來姊姊的笑聲。晚餐的香味一路飄向走廊。打從我懂事起，我們就住在這個家。在這溫暖的家中，有時也會有種發自內心的安心感，得到家的保護。

「麻友嗎？妳回來啦。」

姊姊聽到開門聲後如此喚道，我朗聲回應道「我回來了」。姊姊的聲音來自廚房。打開客廳門一看，在屋內的廚房吧臺裡，姊姊和母親正站在一起下廚。母親從手中的料理抬起視線，微笑著對我說了一聲「妳回來啦」。從這裡遠望，覺得母親與姊姊的站姿很像。她們兩人才像姊妹。不過，靠近細看後，當然不是這麼回事。聞到香草烤過後散發的芳香。

「我回來了。」

「啊，今天我在學校遇見麻友呢。」

「是哦。」

那很好啊。母親開心地點頭應道。我脫下西裝外套，捲起罩衫的衣袖。背對著面向瓦斯爐的兩人，在她們對面的流理臺洗手。

「她和一個醜男走在一起，嚇了我一大跳。那男生是誰？妳同學嗎？」

姊姊的聲音帶著興奮，天真無邪的說道。我想到一個作戰方式，就是假裝跌倒，將姊姊推入爐火中。佯裝成是意外，這是最佳做法。但爐火稍嫌弱了點。

「凜，媽媽跟妳說過很多次了，別說這種話。」

「因為真的長得很醜嘛。是那種看了就覺得噁心的人。而且還嘻皮笑臉。我光想起他的模樣，就快受不了。噁心死了。」

「凜。」

「麻友，為什麼妳會和那種人一起走？不會是遭到他霸凌吧？姊姊很替妳擔心呢。」

「凜，媽媽生氣哦。」

望著鍋子的母親停下手中的動作，低聲說道。「別批評別人的外貌」，母親這句話，我已經聽了不下一百萬次。同樣的話持續講了一百萬次的母親，她的聲音當中逐漸帶有一絲放棄。打從我們升上國中開始，母親的白髮便開始愈來愈多。

「是～」

同樣一句話，理應聽過的次數和我一樣多的姊姊，聲音倒顯得充滿朝氣。雖然她尾音下降，感覺似乎帶有歉意，但嘴角卻仍掛著滿不在乎的冷笑，並補上一句「麻友真可憐」。

姊姊說的話當中，我最討厭的就屬這句「真可憐」了。

「凜，這個妳端出去。」

「好～」

姊姊雙手端著裝湯的盤子，走出吧臺。母親發出一聲輕嘆。

「麻友……凜在學校給人什麼感覺？我指的是……」

「我不知道。我們的班級隔很遠。」

我不自主地用冰冷的聲音回應。然後我又急忙補上一句：「不過，她今天很正常地和朋友聊天。」

「這樣啊。那應該就沒什麼問題了。」

母親再度輕輕吁了口氣，洩去肩膀緊繃的力氣。

「大概小凜也長大了吧。」

母親就像在說服自己似的，如此說道，而我心裡那冷靜的我，在我腦中對母親低語道，沒問題個頭，妳自己才有問題吧。

姊姊過去做過許多事，並不是因為她當時只是個孩子，而是因為她很邪惡。這幾年來，她的邪惡度完全沒變。姊姊還幹了許多壞事，只是母親不知道罷了。我想，母親其實也已察覺，所以才會不時像這樣露出不安的神情。

我最喜歡的母親，在我心中逐漸變成一個無能的母親，這令人悲傷。而我最喜歡的父親，如今已成了一個愚蠢的父親，這印象無比強烈。當初參加高中入學考時，我極力隱瞞自己想念的學校，但最後洩漏給姊姊知道的人，就是我爸媽。今後他們一定也會繼續洩漏我的資訊。身為我們的父母，他們當自己有一對手足情深的好女兒，做出這樣的事卻毫不歉疚，一副理所當然的模樣。

「麻友，妳別老站著發呆，也一起幫忙嘛。」

回到吧臺的姊姊，一雙大眼注視著我。淡褐色的漂亮眼瞳。和父母一點都不像的顏色。在我照片裡看過，外婆也是這個顏色。

「麻友，這個麻煩妳。」

我雙手接過母親遞來的盤子，心想，要毒殺姊姊的機會多得是。

餐桌的一切都準備好時，父親正好返家。他還帶回一串不合這個時節的高級葡萄，說是公司裡的同事送的。

在橘色燈光的照明下，亮光在姊姊的頭髮、嘴唇、白皙的臉頰上跳動，她拿起那串猶如寶石般的果實，面露微笑，宛如一幅畫。如果是什麼都不知道的人，會覺得這是幅美麗的畫。但那就像是從神話中擷取出片段的圖畫，背景其實是一部殘酷的故事。

姊姊明年就滿十八歲了。已不再是個勉強還能容許她那邪惡行徑的孩子。得早點對她做個了結才行。

我心想，這是為了擁有安穩的生活才殺人，所以絕不能讓人知道。

尤其絕不能讓姊姊知道。

要是讓她知道，恐怕會引來比死還要可怕的後果，我對此心懷恐懼。

2

是什麼時候開始想殺了姊姊，我已經忘了。好像是上國中後的事，又好像是剛上小學時就有這樣的念頭。

起初就只是希望她死。與其說是明確希望姊姊死去，不如說是希望她消失。希望她從我的世界中消失，因為她令我感到害怕。

不過，要我就只是一味被動地期盼姊姊偶然死去，我絕不是這種人。我知道自己有能力讓這個願望成真。「希望她去死」的心願，化為「我想殺了她」這種更主動的欲望。不過我也明白，這種事絕對不為世人允許。

家人要互相幫助、相互扶持、關愛彼此。竟然會希望如此重要的家人死，甚至還抱持殺意，這是絕對不允許的事。光是腦中閃過這樣的念頭，都是可怕的罪過。無論如何都不可饒恕。

當初年幼的我所接觸的一切價值觀，都是這麼告訴我。所以每次我想殺了姊姊時，我那聖潔的心便會深受罪惡感折磨。對於擁有這種殘忍想法的自己，我感到既可怕，又悲傷。我希望自己是個好孩子、好妹妹，希望能生活在一個美好的家庭、美好的世界裡。我不想當壞人。

所以我否定自己的殺意，努力將這個念頭揮除、抹滅。我試著想找出姊姊良善的一面，責備抱持殺意的自己，總是在心中向父母及神明謝罪。我是個壞人，對不起。我是個殘酷的人，對不起。我知道自己抱持這種想法是不對的行為。請原諒我。

而最令我感到痛苦的，是對姊姊的一份罪惡感。我們原本是感情很好的一對姊妹。姊姊原本很喜歡我。而我卻想殺了她。

姊，我真的很抱歉。

我想，我和阿佳這樣可能已算是在交往了。

我告訴繪莉後，她很冷靜的對我說，不，不，應該不算哦。

不，我認為這樣已是在交往。

「為什麼妳會這麼想？」

繪莉坐在我前面的座位，咬著插在紙盒包飲料裡的吸管。草莓牛奶、粉紅色的包裝，與繪莉相當搭調。

「每天早上我們都一起上學。」

這句話我刻意說得很慢，為了讓她加深印象。每天早上、我們都、一起上學。就像魔法的咒語般，發出美麗的聲音。

「這我知道啊。」

「除了情侶外，誰會這麼做？」

「這只是因為早上搭同一班電車，所以才會一起上學吧？如果是朋友的話，這也是常有的事啊。」

「可是，他是男生，我是女生耶。」

「不，因為你們已不是國中生了。也許他根本沒意識到這點。難道你們已經開始牽手了？」

「怎麼可能一早就那樣做。」

「那麼，有其他像是在交往的行為嗎？」

「阿佳會以我的名字來稱呼我。」

我又像在做夢般，說出那美麗的話語。繪莉鬆開原本咬著的吸管，緩緩將指尖抵向嘴邊，笑靨如花。

「這可就有點意思哦。」

「就說吧。」

因為咒語對繪莉奏效，我心裡越發雀躍。自從上次一起去倒垃圾後，阿佳便開始稱呼我麻友同學。而且他都會等我走下月臺，然後和我一起走到學校。已經持續快一個禮拜了。

「不過，就連我也都是叫妳麻友啊。不太容易看出阿佳在這方面是怎麼想的呢。他好像對每個人都這樣。因為他就是這種溫和又友善的人。」

的確。

我咬著紙盒包烏龍茶的吸管，點了點頭。阿佳確實教人猜不透。他會很坦然地表現出情感。不會耍酷、惺惺作態，或是擺出一本正經的模樣。不論是「開心」、「寂寞」，還是「難為情」，他都會毫無顧忌地說出自己的感受。

所以才猜不透。他坦然說出的感受底下，究竟在想些什麼？阿佳說和我在一起很「快樂」。是什麼令他快樂？怎樣個快樂法？他對快樂有什麼看法？基於那樣的快樂，他對我有何評價？我什麼都看不出來。我只知道，說自己很快樂的阿佳實在太可愛了。

「呵呵。」

今天早上阿佳告訴我他昨天做的夢，真的太有趣了，一想到那件事，我含著吸管忍不住笑了起來。

「怎麼了？」

「阿佳說他很想養貓。但他媽媽對貓過敏，沒辦法養，不得已，阿佳只好在睡前猛看和貓有關的影片，結果夢到了貓。呵呵，那隻貓竟然說英語。阿佳英語不好，沒辦法和那隻貓溝通，覺得悲從中來，所以打算努力學英文。」

繪莉一直都面露微笑地聽我說，最後就只回應一句「是嗎」。

我抱持這種溫暖的心情，發出一聲幸福的嘆息。從三樓望出去的窗外景致，櫻花幾乎都已落盡。混在風中的甘甜氣味，是繪莉喝的草莓牛奶。我想減少糖分的攝取，想在夏天之前讓自己再瘦一點。想在換上夏季服裝時，從短袖露出纖細的上臂。不是為了想讓阿佳看，而是希望走在阿佳身旁的我能呈現出這樣的樣貌，實現這個理想。

我很熱中地對繪莉提出這樣的主張，但坦白說，不管我和阿佳是否在交往，我覺得一點都不重要。

我只想要細細品味這樣的幸福，全力加以守護。

今天做的夢是毒殺版本。我在紅茶裡下毒，擺在姊姊面前，一直靜靜等候姊姊喝下它的那一刻到來。這場夢境就在這樣的狀況下展開。

在客廳裡，就我和姊姊兩人。姊姊心情很好，一直說個不停。她朝有毒的紅茶加入砂糖，以金色的湯匙攪拌得叮噹作響。我也配合姊姊，假裝很開心的樣子，「快點喝吧妳」，這個念頭占滿我的心思。

我用的是鈴蘭的毒。似乎會對心臟產生作用。與鈴蘭那可愛的模樣截然不同，它的毒性強烈，足以致死。會引發嘔吐、頭痛、暈眩等症狀，等情況惡化後，就會心臟麻痺。

姊姊以纖細的手指把玩那做工精細的湯匙，愉悅地說個不停。她說的內容沒進入我耳中。但看她講得那麼開心，我知道她應該是在說誰壞話。姊姊就像鈴蘭一樣，我腦中想著這宛如童話般的事。鈴蘭有個別名叫「山谷的姬百合」。這是之前我翻閱毒草書所得來的知識。

對了，我在茶杯裡也摻了同樣的毒。我完全不知道為什麼會是這種狀況。畢竟這是夢，所以根本毫無脈絡可循。若真要細究當中的理由，或許是我在自己的飲料裡也摻了毒，看準了等之後警方前來調查姊姊死因時，我可以聲稱自己也是受害者，不是下毒的兇手。

總之，就是這個原因，我沒喝紅茶。姊姊也遲遲不喝。我們就這樣各自端著摻了毒的茶杯，笑容滿面地聊著別人的壞話。

「姊，這紅茶可真香呢。」

我想將姊姊的注意力引向紅茶。

「是啊。顏色也很漂亮。」

姊姊嫣然一笑，緩緩晃動茶杯。一口也沒喝。

「妳最好趁茶涼了前快喝。」

「也許吧。」

「姊，難道妳怕燙？」

「才沒有呢。」

「那就快喝吧。」

「嗯，然後啊……」

姊姊開始說起班上一位有紅臉症的男生壞話。姊姊說那男生動不動就臉紅至耳根，她嘲笑的聲音清楚地傳進我的意識中。啊，這件事是我們小學時實際聽過的事。我猛然發現這點。那男生不斷被姊姊以及姊姊要好的同學們嘲笑其生理特徵，很快就不到學校來上課。大家都叫他阿翔。對我來說，這名字也算是我的心理創傷。

「很好笑吧？」

姊姊還沒喝紅茶。一口也沒喝。根本殺不了她。一絲不安閃過我心頭，該不會姊姊已經感覺到我在茶裡下毒了吧？姊姊的眼睛，那雙有著捲向天際的長睫毛鑲邊，宛如洋娃娃般的大眼，正緊盯著我。我覺得她已經察覺。難道就這樣玩起了膽小鬼賽局，看誰先端起紅茶來喝嗎？

我佯裝若無其事，將茶杯湊向唇邊。想先做個樣子，讓她以為這裡頭根本就沒下毒。我原本只是想假裝喝，卻不小心一口喝下。那溫熱的液流過舌頭的觸感無比鮮明。我聞到鈴蘭那清爽的芳香，心中暗呼不妙！

我馬上開始心跳加速、呼吸困難、雙手發顫、雙腳無法使力。

我再也無法坐在椅子上，就此倒在地上。聽見茶杯破裂的聲響。我躺在地板上，仰望天花板。心跳無比急促。

我的視線不經意地往下移，發現姊姊正拿著手機對著我，一邊拍攝，一邊嘲笑痛苦不堪的我。我就此醒來。回到現實後，只有急促的心跳仍在。

我躺在床上，手抵向胸口，心想，毒殺應該也行不通。或許這不像刺殺那麼露骨，但這種可疑的死法，警方最後終究還是會展開調查。應該很快就會鎖定毒藥的種類，到時候一定會查出庭院的鈴蘭。應該很快便會查明是家人犯案。害父母惹上嫌疑的情況，我想極力避免。我只想獲得安穩的生活。這點絕不能忘。

窗外光線明亮。現在是幾點呢？我望向手機，發現今天是星期六。接著猛然想起，今天我和姊姊說好，要一起出門購物。

小時候我很喜歡姊姊。如今回頭看過往便會明白，我當時幾乎可說是姊姊的奴隸，但當時覺得這樣很幸福。因為姊姊是個好主人。為了滿足奴隸，她會盡可能給予糖果和皮鞭，她似乎天生就懂得這個道理。

我們明明差不到一歲，但我一直都很想和姊姊一起玩，而她也一直都秉持會配合我玩的態度。只要和我一起玩，姊姊就會要求回報。例如全新的漂亮玩偶，她有權利玩；分好的蛋糕她有權利先挑；週末出去玩的地點，她有權利決定。和姊姊玩的次數愈多，我的權利就變得愈少，但能和她一起玩，我還是很開心。明明年紀相差不到一歲，但姊姊遠比我成熟、高尚、聰明。

她時常對我做出很殘酷的事。姊姊朝我丟出像箭頭般鋒利的石頭，劃傷我的額頭，傷疤至今仍在。每次將睡亂的劉海梳直時，都會想起姊姊朝我丟石頭時露出的笑臉。我左手手掌還留有她從背後推我跌落樓梯時留下的傷。我右腳腳掌的無數個小黑點，是以前被陷害踩到圖釘所造成。還有許多雖然沒留下看得到的傷疤，但終生難忘的痛苦回憶，例如她逼我吃沙坑裡的沙、逼我徒手將蝗蟲分屍。

姊姊的殘酷沒有理由。她看到石頭就朝我丟來，一時興起就命我將長在路旁的野草吃下肚。我想，並不是我做了什麼惹她生氣的事，也不是她討厭我。姊姊就只是喜歡看人受苦，或是看人百般不願。

儘管如此，姊姊有時也會表現她溫柔和奉獻的一面。明明只要閒來無事，她就會絆我的腳，害我跌倒，但當我自己跌倒受傷，與她無關時，她又會熱心地保護我、安慰我。替我的傷口貼OK繃、替我念消除疼痛的咒語、輕撫我的頭，直到我不再哭為止。姊姊喜歡展現她的溫柔，讓別人感謝她。

身為只差她一歲的妹妹，我總是得面對她的殘酷和溫柔，成天被她耍得團團轉，但姊姊的這種個性，我認為只是跟一般孩子一般，相當普遍。姊姊在父母面前，是個天真無邪的好孩子。雖然她用這樣的天真無邪操控父母，但我覺得這也不算什麼多罕見的情況。一個聰明的孩子，在精神上操控著家人，這是常有的事。算不上什麼多嚴重的狀況。

我們只是個不會給人帶來危害的普通家庭。在姊姊來到外面的世界之前。

我和姊姊喜歡的商店，剛好全在總站周邊的幾棟大樓裡。因此，每次我們一起出外購物，目的地大致都固定。姊姊會在上午起床，決定吃完母親做的午餐後再出門。出門前，父親給了我們一張萬圓鈔。這是給我們的零用錢。基本上，父親很寵我們，從來沒扯開嗓門罵過我們。

「今天我一定要買口紅。」

從家裡走到附近車站的路上，姊姊一面翻動她那開襟羊毛衫的長下襬，一面唱著歌。

這是個晴空萬里的舒暢午後。氣溫也比連日的平均溫度高。姊姊身上的開襟羊毛衫、附蕾絲的上衣、膝上二十公分的迷你裙，全都是我們出零用錢一起買的春裝。我們的衣服和鞋子幾乎都是採共享。其實我今天也想穿她身上這件白色蕾絲罩衫，不過，當她穿上我想穿的衣服時，我便會把這個權利讓給她，這是已深植心底的奴性。

「那麼，我們就從那邊開始逛吧。」

「嗯。」

我抱持著各種複雜的心情，走在蹦蹦跳跳的姊姊身後。

我們轉乘電車，來到站前。一同邁步走向化妝品店聚集的大樓底下。姊姊逛了很多家店，拿起口紅細看後又放了回去，用了試用品後，詢問我的意見，偶爾會有親切的店員靠近，姊姊笑咪咪地與店員展開交談。

不管什麼產品，用在姊姊身上通常都比我好看。曾有一段時間我為此苦惱，但現在我心裡早已妥協。我一面找尋適合我、我喜歡的商品，一面跟在姊姊身後，走在閃亮亮的賣場上。

比起春天大量推出的粉色系，其實我更喜歡秋天的顏色。不過，現在我挑選商品的依據，除了我自己的喜好外，還有阿佳。阿佳會喜歡什麼顏色呢？我的目光不自主的停向更為明亮的腮紅和口紅。那個附玻璃裝飾的透明盒好可愛，價錢應該是設定在一般高中生也勉強買得起的價位才對。我跟姊姊商量看看吧。

我不經意地抬起視線，正好發現姊姊的手藏在她的肩掛式包包裡。我看到她手中握著某個像小盒子的東西。當她的手再次從包包裡移出時，手中是空的。她仍是平時那掛著微笑的表情，視線迅速掃向四周。這下我就明白了。她老毛病又犯了。

原本看了許多漂亮的商品，為之歡騰的心情，頓時冷卻。我微感暈眩，快步朝姊姊走近。朝她掛著亮澤秀髮的耳朵悄聲低語。這需要很大的勇氣。

「姊，妳剛才偷東西對吧？」

姊姊不顯一絲慌張，臉上依舊保持微笑，斜眼望著我。

「穿幫了嗎？妳就睜隻眼閉隻眼吧。」

「不行。」

「有什關係嘛。」

「不，不可以。」

我和姊姊剛才一樣，視線迅速掃過四周，察看情況。姊姊行竊的瞬間，似乎只有我目睹。其他客人全專注在商品上，此刻這個位置放眼所及，沒半個店員。

「現在是怎樣。有什麼關係嘛，太麻煩了。」

姊姊仍維持笑臉，但聲調已比平時降低許多，並朝我投射出不耐煩的目光。我最怕姊姊這種眼神了。儘管我明白自己絕對沒錯，但她讓我覺得自己好像說了什麼愚昧至極的話。我悄悄抓住姊姊的手肘，盡可能以平靜的聲音說道：

「花錢買下不就好了嗎？爸有給我們零用錢啊。」

「咦——」

姊姊收起臉上的笑容，似乎覺得很掃興。我也很怕這種模式。要是繼續營造出這種不耐煩的氣氛，我或許就會妥協退讓。其實應該說，乖乖退讓會比較輕鬆。為什麼我得極力勸阻她行竊，搞得這麼不愉快？不管姊姊的罪過是否又多了一項，化妝品店的營業額是否會有損失，都和我無關。我保持沉默，裝沒看見，和心情好的姊姊繼續購物，這樣遠遠輕鬆多了。

事實上，我對姊姊的罪行裝沒看見，得過且過，已不是第一次了。每發生一次，我就多嫌棄自己一分。

「我們出錢買吧。」

與其說我鼓起勇氣這樣說，不如說我已經受夠了，不想再受這種良心譴責，於是我無比堅持。坦白說，這幾年來，不管我會不會嫌棄我自己，我都已經不在乎，這種想法變得很強烈，但現在不同了。現在的我一直到剛才為止，腦中想的都是阿佳會喜歡什麼顏色，還保有很聖潔的心思，我不希望這份純潔遭到汙染。我死也不要。

「啊～算了。那我不要了。」

姊姊以毫無起伏的聲音如此說道，手伸進包包裡，一把拿出那項商品，隨手一扔。掉落地上的那樣東西，是黑盒子看起來很成熟的唇油。最近才看過女模在網路上介紹過。

姊姊以挑釁的眼神瞪著我。她的眼神告訴我——妳去把滾向地面的盒子撿起來。我雖然一肚子火，但基於自愛，還是馬上過去撿了起來。為了找尋它原本所在的層架，還花了一點時間。物歸原位後轉頭一看，姊姊正走出店外，背對著我一路往前走。

我急忙追上前。

我心想，為什麼我要追她？

她臉不紅氣不喘地行竊，被我糾正還惱羞成怒。像她這種女人，為什麼我還要追著她跑？因為我終究還是很怕她嗎？

要是姊姊就這樣一路走遠，再也不回來就好了。如果知道會這樣，我一定不會追著她跑。我應該會以笑臉目送她離去。再見了，姊姊。掰掰。

但姊姊會回來的，回到我們的家。我也非回家不可。因為我沒其他地方可回。因此，要是一直放著生我氣的姊姊不管，就此跟丟了她，在她回到家和我打照面之前，我會一直提心吊膽。

我快步走出店外。長袖襯衫底下已微微冒汗。

要將姊姊趕到再也不會回來的遠方。我一邊思考著未來，一邊做了個深呼吸。

姊姊很快便心情轉好。

話雖如此，心情轉好的姊姊，往往是腦中又有了什麼殘忍的點子，所以在和她對應時，我絲毫不敢大意。她四處看洋裝，在賣塔的點心店吃下午茶，在遊樂場拍大頭貼。我們逛的店家、咖啡廳、要印出的照片，全都是聽從姊姊決定。如果這樣做就能保有和平，那麼，這些枝微末節的選擇權就全讓給姊姊吧。就算我大頭貼拍出的是眼睛半閉的失敗照，我也無所謂。妳愛怎麼選就怎麼選吧。

走出遊樂場時，姊姊的手機響起。望向顯示畫面後，她旋即以甜美的聲音應了一聲「喂」。入口旁的夾娃娃機裡頭有個表情空洞的玩偶，姊姊講電話時，我一直與它四目對望。

「抱歉了，麻友。阿翔就在附近，我去找他。」

結束通話的姊姊，開心的雙手合十朝我說道。

乍聽阿翔這名字，我一時間沒搞懂這個人是誰。首先浮現我腦中的，是小學時和我們同屆的那位阿翔。在我今天早上做的夢裡頭，姊姊嘲笑的那位阿翔。但不可能是他。他已搬到遠方的縣市了。而且姊姊接到他打來的電話，也不可能那麼高興，還用甜美的聲音應了聲「喂」。我猛然想起，姊姊那個年紀比她大的男友，好像就是這名字。記得好像叫翔太或翔吾。

「咦，真拿妳沒辦法。」

「抱歉啦。掰掰。」

我姑且裝出很失望的表情，而姊姊則完全沒佯裝歉疚的模樣，揮了揮手就此離去。她漂亮的長髮和開襟羊毛衫的下襬，隨著她的步調左右擺動。我現在才覺得，我也好想穿那件開襟羊毛衫啊。

如此忍氣吞聲，真是辛苦了——我暗自這樣告訴自己。怎麼辦。自己一個人去哪兒好呢？去哪兒都行。

我回到一開始去的那家店，買了一個亮色系的口紅。接著繞往書店，繞往星巴克，買了一杯我一直很想喝的限定版星冰樂。我邊走邊喝那酸甜可口的星冰樂，決定搭人少的電車返家。我心情一直很好。自己一個人感覺真暢快。

但從車站走回家的這段路上，我想起了阿翔。不是姊姊現任男友的那位帥哥阿翔，而是小學和我們同屆的那位個性懦弱的阿翔。為什麼會想起他呢？因為那個十字路口就在眼前。回家的路上每次都會行經的十字路口。往前直走就可到家。如果往右轉，就是我們畢業的那所小學。往左轉，則可來到一座小公園。我討厭那座公園。那座公園發生過一個小故事。

我們一直都在這個小鎮長大。所以鎮上到處都有讓人想起各種小故事的場所，要擺脫這一切幾乎是不可能的事。

事情大概是發生在我小三、小四那時候吧。當時我大概是自己一個人在那座公園裡玩。為什麼自己一個人，在那裡玩什麼，天氣如何，什麼時間，這些細節我已記不清。不過，當時我和姊姊都穿藏青色的短袖罩衫，所以我猜是夏天。我從蕾絲衣袖中露出的手臂，突然被人從後方一把握住。

轉頭一看，我身後站著一位不認識的阿姨。

她的長相和髮型，我也記不得了。只記得她流了好多汗。因溼透而發光的臉龐，一雙眼睛筆直地瞪視著我。

——我家小翔……

那位阿姨開口。但我幾乎聽不到她說的話。我大部分的意識都投注在被她緊握住的右手手臂。阿姨的握力，遠遠超過大人在握住小孩手臂時該有的力道，我感到害怕。阿姨的五根手指以幾乎直達骨頭的異常力道，緊緊箍住我的手臂。本以為手臂會被她扯斷。

——現在都不敢外出。都是妳姊姊害的。

阿姨的臉怪異地扭曲。

從她嘴唇的縫隙間露出緊緊咬牙的下排牙齒。

後來怎樣，我完全想不起來。總之，我的手臂沒被硬生生扯下。我想，可能是後來我甩開那位阿姨，想辦法跑回家中。那位阿姨說的話，一直在我腦中鳴響，但我不懂她話中的含意。不過，「都是妳姊姊害的」這句話，我能理解。我之所以會被那位可怕的阿姨緊緊握住手臂，都是姊姊害的。

之後從別人那裡得知一些消息，加以拼湊後才知道，姊姊當時在學校霸凌一位紅臉症的男生，名叫阿翔，那位阿姨就是阿翔的母親。當時我念姊姊隔壁班，隱約知道姊姊又在霸凌班上某個懦弱的同學，但對方是誰、怎樣的個性、家庭環境如何，詳情我無從得知，也不感興趣。更不知道那男生因為姊姊的霸凌而對幼小的心靈造成沉重的傷害，而這件事對深愛自己兒子，而且自己原本就已精神狀況不佳的母親也造成嚴重的傷害。

當我得知事情的始末時，一切都變得好可怕。

首先是姊姊對這世界的影響力，令我畏怯。對當時的我來說，我就只是將姊姊定位成「愛欺負人的姊姊」這種程度。升上幼稚園、小學後，姊姊不光只欺負我這個妹妹，對外面世界的小孩，她也展現出女王之姿，但我從沒深入細想過這個問題。我早已習慣姊姊的欺凌，對姊姊的惡意已近乎無感。我一直都相信「雖然她會霸凌人，但有時還是很溫柔，是個漂亮又聰明的姊姊」。所以這時我才明白，姊姊的問題很嚴重，對這世界來說，她是個負面的存在。

而更可怕的是，與這和平世界為敵的姊姊，竟然是我的親人。

阿翔的母親就只因為我是「姊姊的妹妹」，就一把抓住我的手臂。我既不知道阿翔的長相，也不知道他姓什麼。我和他所遭遇的不幸，根本就沒半點瓜葛。

這根本就是拿我出氣，開什麼玩笑啊，歐巴桑。我想這樣作切割，但當時她那不容分說的眼神，實在可怕。看起來就像不願接受任何解釋，一心只想殺了我。那眼神訴說著，不管是我姊姊的妹妹、父母，還是朋友，只要是和姊姊有關的人，全部都要下地獄。

看在外人眼中，我和姊姊是一掛的。屬於家人、姊妹這一掛。就算不合理，但以我的身分，還是會被迫對姊姊幹的壞事負起責任。在往後的人生中，我或許會因為姊姊的緣故，而被素未謀面的人憎恨。很有可能。

光是來到平日常路過的十字路口，心理創傷以及各種恐懼和不安便會清楚的浮現。我對這樣的自己感到可憐。姊姊對於小學時霸凌的阿翔，大概已經忘得一乾二淨了。否則她應該沒辦法露出那幸福洋溢的表情，用同樣的名字叫喚她喜歡的人。

午休時，我和繪莉一起吃便當時，班長渚朝我們走近。

渚吃著Lunch pack的花生三明治，站在我們的課桌旁，突然對我說道：

「麻友，妳沒參加社團對吧？」

渚個頭嬌小，但聲音卻很洪亮，雖然給人的感覺有點蠢，但她是那種會念書，運動神經也很發達的女生。「對。」我沒細想便直接回答。剛入學沒多久，姊姊便說「我想和麻友同一個社團」，所以我就此放棄參加任何社團。

「那麼，請妳擔任球賽大會的執行委員吧。」

「咦，我不要。」

「為什麼不要？」

「太麻煩了。」

渚繼續嚼著嘴裡的東西，俯視著坐在椅子上的我，從鼻孔發出一聲嘆息。她幾乎整天都在吃東西，身材卻還是一樣纖瘦。瘦得就像還在讀小學的小男生。大概是她消費的卡路里量很可觀吧。因為她是每天都很認真過日子的那種人。

「一點都不麻煩。只要一個月就結束了。」

「是嗎？應該說，球賽大會是什麼時候舉辦？去年也辦過嗎？」

「每年都舉辦。」

「麻友，妳去年參加過桌球比賽。和我一起，一下就輸了。」

去年跟我同班的繪莉這樣說道。依稀記得好像有這麼回事，又好像沒有。因為去年第一學期，我光是要接受和姊姊進同一所高中的這個現實，便已竭盡全力，根本沒有多餘的力氣去享受學校的活動。

「喏，就是這樣，一個不太會讓人留下印象，很悠哉的活動，這就是球賽大會。所以執行委員也一樣，隨便辦一辦，沒人會抱怨的。拜託妳了。」

「嗯……沒人想當嗎？」

「就是沒人啊。應該說，上禮拜我在班上問過有沒有人想當，麻友，妳完全沒印象對吧。」

「咦……嗯，抱歉。」

渚又大口咬向三明治。

就算接下這項工作也沒關係，我心裡有這樣的想法。因為渚看起來好像正為此頭疼。但我無法爽快答應，原因還是出在姊姊身上。雖然我覺得不會這麼湊巧，但要是姊姊也同樣是執行委員的話，我就死定了。如果要徹底排除與姊姊扯上關係的可能性，像這種全學年舉辦的活動，我最好還是避開任何會引人注目的職務。

「啊，還有，男生的執行委員是由阿佳擔任。麻友，妳和他不是很熟嗎？我認為熟人一起做會比較好。」

「啊，那就接下了。」

繪莉搶在我前頭答覆。

「咦？是嗎？」

「嗯。麻友她願意接。如果是和阿佳的話。」

「哦～搞什麼，原來是這麼回事啊。」

渚吃得整個腮幫子鼓起，瞇起眼睛，似乎很樂。我朝大嘴巴的繪莉瞪了一眼，但還是很坦率地應了聲「嗯」。

「這樣妳反而還要感謝我。幸好我沒拜託其他女生。」

「……謝謝。」

「不客氣。今天放學後，是第一次集合，麻煩妳了。」

「咦，今天嗎？這麼突然？」

「沒錯。我也是今天早上突然想到，都快急死了。地點是南校舍的委員會室。那妳就在各方面多多加油嘍……我會全力替妳加油的。」

渚嚥下口中的麵包，口齒清晰的說道，就此踩著輕盈的步伐離去。目送她背影離去後，我將視線移回前方，發現繪莉一臉得意的露出微笑。

「秘密都被渚知道了。」

我在桌子底下用腳尖輕踢繪莉的腳。

「對象是渚的話還好。應該說，以現在的階段，也差不多該向周遭人宣告了。」

要一步步移除障礙——繪莉的口吻，感覺很像箇中老手。雖然明白她話中的意思後，令人感到不悅，但既然繪莉都這麼說了，我也覺得有理。渚不是個會到處跟人講小道消息的人，而且拉她當自己的夥伴，或許會比較令人心安。我就像個戰略家似的，思考這個問題。

不過，姊姊的事還是不斷在我腦中閃過。為了讓阿佳更常注意到我的存在，一步步鞏固自己周遭，是正確的做法。不過，要是不小心過度散播消息，傳入姊姊耳中，那時候可就直接遊戲結束了。繪莉不知道姊姊的存在，所以她當然不知道背後有這樣的規則。

不過坦白說，我自己也有自覺，此刻的我缺乏危機感。我既開心，又充滿期待。我要和阿佳一起參加委員會！

姊姊念的是二年一班，文組。

要是沒有姊姊在的話，我大概會選文組。雖然我不排斥數學和生物，但我的化學實在不行。不過，目前我還沒有明確的未來目標，所以只要想到自己有可能會和姊姊同班，即便得努力學習自己不擅長的學科，我一樣可以忍受。

一直到國中為止，基於學校方面的考量，都會避免讓姊妹倆同班。聽說像雙胞胎或同屆的兄弟姊妹，之所以安排念不同的班級，是為了個別對待學生，或是基於改變家庭和學校之間的氣氛比較有助益的這個理由，大部分學校都採這種慣例。不過，從高中開始，比起這種精神方面的顧慮，校方更重視學生對文理組或專攻領域等未來出路所作的選擇。我們學校甚至還安排了女生班和男生班，所以一旦我同樣選了文組，不知道與姊姊同班的機率會有多高。

不過，只要在高三提出希望專攻的領域之前殺了姊姊，就能選擇轉進文組。怎樣的選項都能選。因為不管我走哪條路，都會是一個沒有姊姊礙事的世界。

我一時對這美好的未來想像感到陶醉，但可怕的現實之門已近逼眼前。南校舍三樓的委員會室。要是姊姊在這扇門後，我就死定了。

「怎麼了？」

我突然在門前停下腳步，阿佳從我斜後方向我問道。

「不……我第一次參加委員會，有點緊張。」

「真的假的？我還以為妳是不會緊張的那種人呢。」

「不……我只算一般吧。」

「我向來都不會緊張，這點我有自信，包在我身上。」

阿佳走到我前方，伸手搭在門上。

全世界最溫柔、最棒、最可靠、最帥的阿佳，令我深受感動，正當我為此陶醉時，那扇門毫不留情的開啟。我身體有一半躲在阿佳背後，瞬間便看完教室裡的場景。像這種搜尋敵人的視線移動方式，在年紀相近的女生當中，大概就屬我最厲害了。年紀相近的女生應該也不太會搜尋敵人吧。

我一眼就看出姊姊不在裡面。教室裡的課桌擺成會議用的ㄇ字形，和我們一樣，忙完班上事務的學生們開始往這裡聚集。約莫一半的座位已經有人坐了。敞開的窗戶外頭，是晴朗的好天氣。離渚告訴我的委員會開始時間，只剩不到十分鐘。

「你們是球賽大會的委員對吧？」

一名坐在前方，戴著眼鏡，頂著一頭短髮的男生發現我們，如此問道。阿佳應了聲「對」。

「從最前面開始，分別是一年一班、二班，照這個順序決定座位，請坐向自己班級的位子。高三生只有我和另外一人，高二生在那邊。」

他指的地方已零星坐了幾個人。我跟在阿佳後面，穿過成排的課桌。我有種熟悉的感覺。好久沒像這樣參加學校活動了。不同於社團活動和班級活動，雖然大家都不太熱中，但現場有股略顯獨特的氣氛，感覺得到認真的溫度感。我已覺得有點開心了。因為目前姊姊不在這裡。

就在我走向座位的途中，我看到一個曾經見過的面孔。對方也發現了我，發出「啊」的一聲驚呼。這麼一來，我就不能對她視而不見了。

「小凜的妹妹。」

短髮掛在耳朵上，感覺跑很快的那名女生。之前她和姊姊一起在垃圾場時，曾遇過她。

我以介於「啊～」和「哇～」之間的微妙聲音回應，馬上擠出笑臉。她叫什麼名字來著？也許我根本沒問過她名字。

「妳叫麻友對吧？我叫山本杏奈。一班的。」

「哦，這樣啊。」

我一邊記住這個名字，一邊思考著該如何掌握眼前的狀況。和姊姊同班的她出現在這裡，表示姊姊也同樣是委員的最糟情況不會發生了。我太開心了。耶！不過，如果山本和姊姊交情很好，我還是和她保持距離為妙。應該說，只要是知道「她是我姊姊」的人，我都盡可能不想扯上關係。

正當我這麼想的時候，坐山本隔壁，一名膚色黝黑的男生抬頭看著我說：「咦，妳說妹妹？她是倉石同學的妹妹？」

「對。聽說只差一歲。」

「哦～啊，妳好。」

你好──我微微點頭回禮，心裡百般苦惱，這下又多了一個人知道這件事了。要是這句「你好」，能成為我和他們唯一交談過的話就好了。在他們繼續說下去之前，我趕緊催促阿佳離開。來到六班的座位後，我和阿佳一起坐下。雖然剛才離開的方式不太自然，不過算了，反正我也不想和他們有任何牽扯。同樣在委員會裡，要完全將他們排除，或許沒那麼容易，我不妨就很客套的和他們保持疏離的冷淡關係吧。

我現在才發現，我這還是第一次坐在阿佳隔壁呢。

雖然這種距離感和早上一起上學時沒什麼不同，但感覺特別緊張。不過這是完全不會讓人討厭的緊張。是很愉悅的緊張。

「裡頭有認識的人，真不錯呢。」

「咦？呃，是啊。」

我因阿佳這句溫柔的話語而猛然想起，剛才我還因為第一次參加委員會而緊張呢。緊繃的情緒頓時緩和下來。

比預定時間晚幾分鐘後，委員會就此展開。一開始跟我們說話的那位戴眼鏡的學長，是高三的學生會幹部，會議由他主持，所以我們一開始自我介紹後，就不必再發言，會議很順利地進行。不過高三生不會參加球賽大會，所以這位能力強的學長也只有這次會主導會議。之後要由高二生來擔起這項職務。得選出一位負責統籌的執行委員長。

「有沒有人要參選？」

我暗自猜想，應該沒人吧。因為這個職位感覺挺麻煩的。而同時，我又希望阿佳來當。站在眾人面前，一點都不會顯得害怕或緊張，而又不會咄咄逼人，以低調的態度掌控全場，我很想看阿佳展現這樣的一面。看過之後一定會喜歡上他。不，我現在就已經喜歡他了，不過看了會更加喜歡。但話說回來，在場的每個人不就也都會喜歡上這樣的阿佳嗎？那我可就傷腦筋了。

「我。」

右邊傳來一個直率的聲音。我往聲音的方向望去，有隻柔而有力的手臂高高舉起，舉得和直率的聲音一樣直。頭髮掛在耳朵上，腰板挺直。看她的手臂，總覺得這個人有雙飛毛腿。她是一班的山本杏奈。

「啊，真是幫了我一個大忙。還有其他人嗎？如果沒有，就這麼決定了。」

因為學長這句話，她突然將視線移向我臉上。與她目光交會後，她就像是我朋友似的，露出略顯靦腆的表情。

過了幾秒，始終沒其他人出聲。她在學長的促邀下站起身，面對眾人。

「我姓山本，請多指教。或許我還不夠可靠，不過我這個人很好動。很希望能辦一場歡樂的大會。呃……就請各位多多指教了。」

山本杏奈難為情地露出笑容。那是會讓在場眾人都對她有好感的笑臉。

『很慶幸裡頭有認識的人在～今後要請妳多幫忙了。直接叫我杏奈就行了！』

手機裡的貼圖，是隻會打滾的可愛粉紅色兔子，可愛與歡樂的平衡拿捏得恰到好處。我在回家的路上停下腳步，回信寫道「請多指教哦，杏奈」。想了一會兒，我補傳一張黃色小鳥不斷從天而降，看不出要表達什麼情緒的貼圖。

當執行委員的好處，是逐漸縮短了我與阿佳間的距離。這是無可取代的美好。今天開完委員會後，我竟然就和阿佳一起搭電車回家。雖然阿佳坐一站就下車，但鄉下的一站距離相當長。照這樣看來，今後要開委員會的日子，我們都會一起回家。真是太美好了。Bravo！

而壞處會是什麼呢？目前還不知道。

也許不會有半點壞處。我要認真投入委員會的活動中，貢獻心力，舉辦一場雖然大家不太會留在記憶裡，卻充滿歡樂的球賽大會，然後以這次的經驗充當日後大學面試時的介紹內容。感覺一切都很好。然而，我心裡卻瀰漫起一股沒有實體的煙霧，正因為如此，難以將它消除。

手機又震動了。低頭一看，是杏奈傳來的。是一隻兔子雙手抵向羞紅臉頰的可愛貼圖。真可愛。

我正和山本杏奈變得親近。原本明明沒有這個打算，但這股連轉變都稱不上的氣氛，實在難以抗拒。而更不妙的是，我已開始有點欣賞杏奈了。並非只是因為幾次簡短的交談，就對她有什麼了解，或許應該說，有種氣味相投的預感。她的說話口吻、說話速度，還有溫度，感覺能成為好朋友。第一次在垃圾場見到她時，也這麼覺得，她很像我國中時代的某個同學。

不，我沒說實話。

才不是同學呢。

她很像我一位昔日的好友。

當我體認到這點時，一股悲傷的情緒湧上心頭，我就此緊握手中的手機。好友，不，是昔日的好友，這表示每次只要想起她，就會連同悲傷的情緒一起湧現。雖然不是這麼單純的情感，但以我現在的大腦結構，總會很自動的喚起被歸納為「悲傷」領域中的情緒。

要是沒有姊姊的話——這個想像已不知在我腦中閃過幾萬遍了。要是發生和當時一樣的情況——這不知浮現過幾萬回的不安，幾乎要將我壓垮。或許我根本不該加入委員會吧？

我同時有另一個念頭，覺得或許是自己想多了。姊姊明明就還沒做什麼，也沒說什麼。

杏奈很親暱的叫姊姊「小凜」。對身為她妹妹的我，也沒抱持負面的情感，主動跟我搭話。因為在現在這個班，大家還沒認識到姊姊的「壞」。或許也有可能像之前母親說的，姊姊也長大了，已不再像以前那麼壞了。

我很想相信這個說法，但腦中另一個冷靜的我，卻以充滿憐憫的聲音對我說「這怎麼可能嘛」。

回到家後，家中空無一人。夕陽最後殘存的微弱晚照，射向一片死寂的客廳。就只有廚房傳來冰箱低沉的運作聲。我喜歡空無一人的家。這讓我感到心情無比平靜。

我脫下西裝外套，走上階梯。一來到二樓走廊，一旁就是房門，裡頭是姊姊的房間。我確認過玄關沒擺鞋，但為了謹慎起見，還是敲了敲門。等了五秒後，我輕輕推開房門。

正面是窗戶，前面有張床。比客廳更紅的夕陽餘暉一路往地板延伸。這裡是姊姊的房間。當家中空無一人時，我偶爾會像這樣潛入這裡。小時候單純只是基於好奇心，現在則是有比較濃的偵察用意。面對想除之而後快的對象，就得先了解對方的一切。

書桌面向左手邊的牆壁，我朝它整組的椅子坐下。發出木頭尖銳的嘎吱聲。這聲響就算在隔壁房間一樣聽得到。儘管我待在自己房間，但只要聽到這個聲音就會知道，哦，姊姊今天一樣在她的房間裡。

壁櫥門、低矮的書架、床鋪、淡紫色的窗簾。我心不在焉地轉動視線時，有個隨手擺在書桌邊櫃上的小黑盒，映入我眼中。那樣式似曾見過。我頓時曉悟，是之前我阻止姊姊偷的那個護唇膏。

我拿起那剛好可以放進掌中的小東西。盒子還保存得很新，看不出有拆封過的痕跡。我本想打開來瞧瞧，但還是打消了念頭。要是被姊姊知道就麻煩了。我對此已經感到厭倦。

姊姊或許最後還是乖乖掏錢買下，或者是從某人手中取得，例如她男友阿翔。當然有這個可能。但我不這麼覺得。如果是用正當的手段取得，她應該會拿來向我炫耀。我確信這是姊姊偷來的。不管我再怎麼鼓起勇氣阻止她，想將她引導向正確的方向，都是白費力氣。姊姊的本質就是個壞蛋。不是因為無知或不成熟而顯得壞，而是她天生就壞。這一定不是別人可以加以矯正的那種壞。

小時候我對自己存有想殺了姊姊的念頭感到害怕。我認為光是有這個念頭，就是可怕的罪過，深受這種強烈的罪惡感所苦。但國三那年冬天，我的想法改變了。

那年冬天，持續下一整天的細雪停歇後，在那宛如不曾下過雪的晴朗星空下，我決定允許自己擁有想殺死姊姊的念頭。

ＯＫ、ＯＫ。這是沒辦法的事，因為我就是希望她死。

我是個冷血的人。那也沒關係，我早放棄了，放棄當一個不會想殺死自己家人的良善之人。我希望姊姊死。就算我是個這麼邪惡的人也無妨，一點都沒關係。

允許自己抱持殺意，感覺就像慢慢中毒一般，心情很陰沉，但我可以輕鬆地笑。耶！我自由了！我獲得想殺死姊姊的自由。

我甚至感到後悔，當初要是能隨著這美好的解放感，更早讓自己得到自由就好了。要是能更早得到自由，殺了姊姊的話……如果早點這麼做的話，我就不會失去自己重視的好友。

然而……我從姊姊的椅子上站起。從窗簾的縫隙俯視後院。這座庭院當然也有小故事。

就算再怎麼後悔也沒用。因為今後還有未來在等著我。

我當然期待自己能謹慎行事，但為了早點得到安穩的生活，最好還是早點解決這件事。

3

畠山志保，一個文靜的女生。

國一時我一度和她同班。那亂鬈的頭髮總是綁成馬尾，額頭上總有冒不完的青春痘，用含糊又小聲的聲音說話。坦白說，是個很不起眼的女孩。她總和幾名跟她同類型的女生在一起，幾乎沒什麼機會和她有往來，不過，有一段時期，當我偶爾坐她隔壁，和她同組時，我們會聊上幾句。

在自習時間，坐在喧鬧的教室裡，我們聊著無關緊要的話題。她說她喜歡料理。

「料理？哪種料理？」

「不，雖說是料理，但都是點心類。」

「妳會做點心嗎？真厲害。」

「也不是什麼多了不起的點心……因為我喜歡吃蛋糕這類的東西，所以就自己動手烤。」

我也喜歡料理。不過，就只是母親或姊姊下廚的時候在一旁幫忙，幾乎不曾自己一個人下廚。母親和姊姊用心準備的，都是以主食為主，所以我對做點心向來都抱持一種近乎憧憬的心態。
「做點心很難對吧？好像需要專用的道具。」
「不，一點都不難。道具之類的，百圓均一商店就有賣，而且最近也出了很多用電子鍋就能做的食譜。」
畠山志保以低語般的輕細音量，告訴我她最近做過的起司蛋糕食譜。我認真的將材料和步驟記下，並對她說「我下次做做看，謝謝」。
連十分鐘都不到的對話。為什麼我到現在還記得那不經意的對話呢？因為那個週末，我實際照著她說的食譜做了起司蛋糕。做得非常成功，一點都不像是第一次嘗試，我還請家人和好友一起享用。
大家都直誇好吃。尤其姊姊更是讚不絕口地說：「味道好像店家賣的哦。」還對我吹捧道：「有個會做好吃蛋糕的妹妹，真是太棒了。」
「這簡單製作的方法，是從班上同學那裡聽來的。」
「哦，妳同學這麼厲害。真的很好吃呢。」
看姊姊這麼喜歡，我也很高興。之後做點心在我心中興起一股熱潮，我做了各種點心。其中我還是喜歡第一次做的起司蛋糕，之後又做過幾次。不過，照著食譜成功做出蛋糕這件事，我不記得自己是否曾向畠山志保報告過，我實在很忘恩負義。升上國二後，我和她不同班，之後便沒再說過話。

國二念到一半，她再也不到學校上學。因為被姊姊霸凌。

姊姊把畠山志保那亂鬈的頭髮、額頭的青春痘、怯生生的說話方式，當成恐怖的娛樂節目來對待。遠遠看到她就大聲尖叫，開心的嘲笑道「我好怕，好噁心」。而當姊姊沒心情玩的時候，就當畠山這個人不存在。就連不同班的我，也在學校辦活動時，親眼見過她霸凌人的現況。就連在家中，姊姊也常提到她，說她是「班上一個噁心的醜女」，就算母親加以訓誡，也不以為意，依舊自得其樂。

而我也沒積極的阻止姊姊的霸凌行為。也從沒告訴過姊姊，妳欺負的那個女生，就是以前提供我可口的起司蛋糕食譜的那個人。若問我為什麼，這是因為我當時已經多次想阻止姊姊做壞事，但最後都失敗收場，我已厭倦。也許算是一種「學習性無助」吧。要是一個沒處理好，惹來姊姊的反感，只會令我在家中的立場變得岌岌可危。我沒能出手幫助畠山志保，卻一再持續用她提供的食譜做起司蛋糕給姊姊吃。如今回想，便覺得自己的行徑好陰險。

國三那年冬天，我再也不做點心了。而和她有關的一切，也全都消失在記憶的彼方。

而剛才在前往參加第二次委員會的路上，在走廊上和她擦肩而過，我才猛然想起。

畠山志保也跟我念同一所高中。

球賽大會執行委員會，自從上次那場見面會後，這次召開首次的會議。要決定比賽項目。

去年好像是比排球、壘球、足球、桌球。令我驚訝的是，我竟然沒半點記憶。

「和去年一樣也行。」

上次見面會沒來的指導老師，從這次開始露面了。是一位很陌生的老師。聽說是教高一英文，一位身材普通，不太起眼的中年男子。從他的模樣看來，似乎不太擅長球類運動。

「不，已經在各班請他們詢問大家想要的比賽項目，我想從中彙整出結果。」

站在講桌前的山本杏奈明確的應道。

經過上次的見面會後，已建立委員會的LINE群組，杏奈在上頭提議，希望能彙整好各班想要的項目後，再帶過來一起討論。坦白說，我覺得很麻煩。球賽大會要選哪些項目，是很無關緊要的主題，幾乎都可排上全世界前幾名了。完全照去年的項目舉辦不就行了嗎。

但我在LINE上面率先表態支持杏奈。這決定很棒，不錯哦，就這麼辦。這才是讓人際關係保持圓融的處事之道，雖然帶有這麼點意圖，但更重要的是，我純粹只是出於想替杏奈加油的一顆心。雖然球賽大會怎樣都行，但她好像很想有一番作為。對於努力投入某項事物的人，我一般都覺得他們很偉大，為了這樣的偉大人物，我願意忍受一時的麻煩和不便。

「哦，挺可靠的嘛。那麼，後續就交由妳來推動吧。」

老師聽杏奈那樣說，一時露出頗感意外的神情，但旋即露出開心的笑臉，點了點頭。應該說，杏奈就是這種人。那賣力的模樣，會讓周遭人也跟著感到快樂。

放學後，在夕陽斜向照進的南校舍委員會室，杏奈站在二十多名委員會成員面前，開始說話。從一年一班依序舉出想要的球賽項目，加以統計。由杏奈同班的男生高梨（高梨一樹）寫在黑板上。

「躲避球人氣很高呢。」

過了一會兒，坐我隔壁的阿佳低語似地對我說道。

「是啊。」

「可能是在課堂上不太會玩這種球類，所以大家很想玩吧。」

「或許哦。阿佳，你也喜歡嗎？」

「嗯。雖然我不太會閃躲。」

阿佳玩躲避球不太會閃躲。我得到這世上數一數二的重要情報，為之顫抖。應該說，能坐在阿佳身旁，很自然地和他交談，我一時還不習慣，左半邊身子感到戰戰兢兢。黑板上陸續寫下統計的「正」字。像躲避球幾票、足球幾票，這種不管結果為何，都沒人會流血或流淚的鬆散主題，此刻大家緊盯著瞧。

而我和阿佳也在其中。這世界這麼祥和，真的沒關係嗎？此刻我有種輕飄飄的感覺，宛如置身夢中。

這時，我猛然想起今天早上夢到的內容。

夢裡，我和畠山志保合謀，想殺害姊姊。我請理應很憎恨姊姊的她準備兇器，並請她擔任不在場證明的證人。

在安排計畫的過程中，我覺得這是個很棒的計畫。為了打倒共同的敵人，我們相互合作，是利害與共的好夥伴。不過，一旦來到要將計畫付諸執行的階段時，我心中開始萌生不安。我擔心畠山志保該不會是想出賣我吧？

也許她同樣把我當成敵人。因為我是姊姊的妹妹，卻沒阻止姊姊，而且和我姊姊同姓，又有同樣的眼瞳。

我們約在校舍後方見面，好交付兇器。

畠山志保遞出一把刀刃又薄又長的刀子，就像是切蛋糕用的刀子。正當我懷疑她真正的心思時，她的臉突然變了。

變成我以前那位好友。

「那麼，我想從這當中作個決定。如果是選前四名的球賽，就會偏向室內競賽，所以希望能顧及各個方面……」

我將原本低垂的視線移向前方，發現一臉認真的杏奈正慷慨激昂地說道。我暗自嘆了口氣，將那場已經結束的夢境從腦中驅逐。募集合作者，根本就行不通。光想到有可能會因此走漏消息，就感到不安，我那為了追求祥和、安心的未來，而殺害姊姊的目標，會就此偏離本位。一定要在不被人察覺的情況下自己動手。竟然會夢到和別人聯手，我未免也太窩囊了吧？

「有其他提案嗎？」

「這邊。」

我身旁的阿佳舉起手，我才發現自己還在恍神。難得阿佳想提出意見，但我卻沒聽清楚主題的詳情。都是姊姊害的。

「為了替不擅長運動的人著想，我覺得保留桌球比較好。這麼一來，體力不夠的運動門外漢也能樂在其中，也不太會受傷。」

「的確……但這麼一來，再加上排名第一第二的排球和躲避球，就會偏向室內競賽了。」

「躲避球也可以安排戶外吧？不過，得在球場上畫線就是了。」

「啊，這也行得通。」

繼阿佳之後，大家也紛紛表示意見。為了和自己沒什麼關係的同學，以及運動不拿手的人們。

我心想，這世界好人可真多。這種沒有姊姊在的世界，我最喜歡了。

回家時，我順道去了一趟麥當勞。就我、杏奈、阿佳、高梨四人。

「我都快餓死了，陪我一下吧。」因為杏奈開口邀約。這是我第一次和阿佳在學校外用餐。我覺得這已經可以看作是實質的雙情侶約會了。走到離學校最近的麥當勞，不到十五分鐘的路程，這一路上我都踩著輕盈的腳步。不過抵達店門時，我當然還是不忘搜尋敵人，察看姊姊是否在場，沒有鬆懈。

「阿山同學，妳挺能吃的嘛。」

杏奈點完餐後，端著堆積如山的餐盤返回，高梨見了，如此說道。

「嗯，我很能吃。只要是食物，我都喜歡，像薯條，不管再多我可能也都吃得下。」

「真好。我和國中的時候相比，食量變弱許多。」

「你還年輕，這樣怎麼行。」

聽他們兩人的對話，我突然想到一件事。

「杏奈，妳在班上，大家都叫妳阿山嗎？」

「啊，我剛才也在想這件事。」

坐我隔壁的阿佳如此說道。真是心有靈犀呢！

「啊，對哦，不知不覺間，大家就都叫妳阿山同學對吧。」

「對啊，真的是不知不覺。我其實是希望綽號可以再可愛一點。啊，不過小凜或是她身邊的同學，都是叫我小杏。大家真應該向他們看齊的。」

一聽到小凜這名字，我便意識到自己的疏忽。杏奈跟高梨和我姊姊同班。很有可能提到姊姊名字的班上話題，我竟然自己主動提及，到底在想什麼啊。話說回來，我怎麼會這麼悠哉的和他們一起來麥當勞呢？不，我當然想和他們一起來，但上個禮拜見面會時，我明明才作好決定，今後要盡可能不跟他們有任何牽扯。

「阿佳不管去哪裡，應該大家都會叫你阿佳吧。」

我全力擠出笑容，把話題轉到阿佳身上。

「是啊，好像從以前大家就都叫我阿佳了。」

「啊，對了，倉石同學，妳和我們班的倉石同學是姊妹對吧。因為妳們兩個人氣質差很大，所以我都差點忘了。」

高梨可沒漏聽姊姊的名字，就此將話題導向最糟糕的方向。

「妳姊姊在家是怎樣的感覺？」

高梨，你這傢伙——我心裡暗自咒罵，同時很空洞的回答道：「咦，就很一般啊。」但我想了一會兒，接著問道：「那她在學校又是給人怎樣的感覺？」雖然不喜歡談到姊姊的話題，但現在單純只是感興趣。升上高中後的姊姊，同學們不知對她是何評價。

「她在班上嘛……該怎麼說呢，像偶像吧？」

「是啊。」

「有點像天生的偶像。或者說，像公主吧？」

「公主？」

他選用這個詞彙實在很好笑，我笑了。會讓人說出這種詞彙的姊姊，她平日的行徑我大致猜想得出來。不過，她國中時可是女王呢。

「姊妹念同屆，這實在難以想像。」

阿佳說。

「我有妹妹和弟弟，但是讓他們看到我在學校的模樣，會有點難為情。」

阿佳底下有弟弟妹妹，這事自從我對他產生興趣後，很早便調查清楚了。有阿佳這樣的哥哥，他的弟妹們實在太幸運了，真教人羨慕。

「妳們姊妹倆其實感情很好吧？」

高梨一面咬著漢堡，一面天真無邪地問，我摒除雜念笑著應道：「大概算是感情好的那種吧。」

「哦～！」高梨很誇張地發出一聲感嘆。「感情好，又念同一所學校，像我就沒辦法想像。我有一個哥哥，不論是在家裡，還是在學校，只要一碰面，都幾乎快打起來。」

「你們感情不好嗎？」

「糟透了。基本上是不講話的，就像不能接受對方的存在似的。」

哦，這樣啊——雖然我這樣回應，但我心想，高梨之所以能講得這麼坦然，想必是沒有實際擬定殺害自己哥哥的計畫。如果像我一樣抱持殺意，有想殺害自己哥哥的動機，不可能輕鬆向周遭人洩漏自己的心思。因為他從來沒想過哪天真的殺了自己哥哥的可能性。沒預想過自己成為嫌疑犯的未來。打從我決定殺死姊姊的那天起，我便沒向任何人說過姊姊的壞話。我極力向人宣傳，我和姊姊感情好，不可能會殺了她。

「我是獨生女，所以就算是這樣，也覺得很羨慕。」

杏奈如此低語。這時阿佳突然發出「啊～」的一聲，伸了個懶腰。

「不過，好在最後順利決定了球賽項目。」

「嗯？啊，對。」

「該參加哪一項好呢，真難抉擇呢。」

阿佳以悠哉的口吻，一一說出決定好的球賽項目。有排球、桌球、躲避球，以及室內五人足球。

我斜眼偷瞄阿佳。他還是平時那沉穩的模樣。

感覺阿佳似乎刻意想結束這兄弟姊妹的話題。是我多心了嗎？難道他察覺出我不想繼續談這個話題，刻意出手幫我？如果是這樣的話，那不就遠遠超乎我的期望嗎？

「我全部都想參加。」

杏奈興奮地說道，我擅自從她盤子裡拿薯條來吃。祥和的味道在我口中擴散開來。

回到家後，發現母親在家。我望向時鐘，現在才六點多。比母親平時的回家時間還早。父親和姊姊都還沒回家。

「怎麼了？這麼早回家。」

雖然嘴巴上這樣問，但天還沒暗母親就在家，我對這樣的狀況感到很開心。我和世上大部分孩子一樣，基本上還是喜歡母親。

「嗯，我有點頭痛，所以提早下班。現在已經恢復了，所以感覺就像蹺班一樣。」

母親深坐在沙發上，一臉睏樣地說道。我知道母親不會因為一點小小的頭痛而請假。她有嚴重頭痛的毛病，偶爾還會躺在床上起不來，看起來很痛苦。她今天一定是嚴重頭痛的毛病又犯了，吃了藥也不管用。

「我來幫妳準備晚餐吧。妳肚子餓了吧？」

「嗯。不過我還沒那麼餓。因為我剛才去過麥當勞。」

「哎呀，和朋友嗎？」

「嗯……和委員會的學生一起。」

「咦，麻友，妳加入委員會嗎？什麼委員？」

「前一陣子加入的。球賽大會的執行委員，是別人硬塞給我的職務。」

「哦～真不錯，感覺妳挺開心的。原來還有球賽大會啊。咦，媽媽可以去看嗎？」

「絕對不行。又不是運動會。」

「我只會偷偷看。」

「不～行。拜託，妳千萬別這麼做。」

母親走向廚房，笑著說道「啊～好想看哦。」我脫下西裝外套，跟在母親身後。同時在心裡想，我加入委員會這件事，說出來應該沒關係吧？因為早晚杏奈或高梨一定會告訴姊姊，被人硬塞了一個土裡土氣，毫不起眼的委員會職務，像這樣的小故事，想必引不起姊姊的興趣吧。

「想不到麻友妳也會參加這種活動，我還真有點意外。這種青春的感覺真不錯。」

母親往冰箱裡望，開心地接著說。

「晚餐就吃豪華一點吧。」

「為什麼？」

「慶祝妳在委員會的認真打拚啊。」

「拜託。」

見母親這麼開心，我也笑了。母親之所以會這麼開心，也許是我平時為了避免引來姊姊的反感，刻意表現得毫無鬥志，一時演得過頭了。因為在家中讓大家都知道我遠比姊姊來得不幸，這樣我反而安全。但母親也許是對這樣的我感到擔心。

「好，那就來做蛋包飯吧。」

我愛吃蛋包飯。

我洗好手，開始切洋蔥。在一旁準備雞肉的母親，問了我許多委員會和球賽大會的事。問我擔任什麼職務、會舉辦什麼比賽、今天一起去麥當勞的是怎樣的孩子？我心想，講一大堆學校發生的事，又不是小學生，但已很久沒和母親私下這樣聊，感覺還不壞。給人一種祥和的心情。如果我是獨生女的話，這樣算是真正的祥和嗎？就像杏奈一樣。

傳來玄關門開啟的聲音。緊接著傳來一個開朗又興奮的聲音說「我回來了」。

公主回來了，這短暫的祥和就此結束。

洗完澡後，我坐在沙發上吃冰。這是新發售的減肥草莓蘇打冰。明明是以低卡路里為賣點，卻又有濃濃的草莓味，真的很好吃。

我沉浸在幸福的氣氛下，手裡拿著手機，心想，不知道阿佳會不會傳LINE給我。剛才我以詢問習題的名義，傳了訊息給他，持續對話了一陣子，但現在已經中斷。我可不希望一直接連傳訊息，讓他感到厭煩，所以一直忍著不主動傳送，但現在差不多可以了吧？畢竟我們好歹也會一起吃飯啊？

正當我準備打開之前和阿佳的對話畫面時，感覺到背後有股氣息。我轉頭一看，是姊姊。

「妳手上的冰很難吃吧？」

我原本的好心情瞬間蒸發。「普通啦。」我如此應道，同時心想，日後殺死姊姊時，得連同這支冰棒所受的屈辱一併清算。

「麻友，我剛才聽媽媽說，妳當了球賽大會的執行委員是吧？」

「哦……嗯，是別人硬塞給我的職務。」

「要和那個山本杏奈一起共事對吧。真可憐。」

姊姊馬上坐向我身旁。沙發的彈簧墊馬上朝她那邊下沉，原本坐得正舒服，這下子平衡全被她瓦解了。坐得離我太近的姊姊，還有隔沒幾小時，就把我說的話全都告訴姊姊的母親，都令我感到焦躁。

「我說，這個球賽大會實在太麻煩了。妳就用妳的權限讓它停辦吧。」

「這當然不可能啊。」

「我們班的執行委員太過投入，看了就煩。她的說話態度我實在受不了。那精力過盛的感覺更是教人看了想吐。這活動平時就已經夠麻煩了，這下搞得讓人更加痛苦。」

姊姊拿起遙控器打開電視後，整個人倚了過來，頭抵向我抱膝的手臂。竟然如此毫無防備的把頭部這樣的要害遞向我面前，她可真從容。因為姊姊談到杏奈的事，我一時內心慌亂，但看到她那顆塞滿邪念的腦袋之後，我頓時冷靜下來。

「那天妳可以蹺課不去啊。」

我心不在焉地望著電視畫面，如此應道。剛好歌唱節目結束，馬上進廣告。一名長相秀麗的女孩，配合輕快的音樂，正在吃某種小巧可愛的零食。

「我是個好學生，我不想蹺課。因為我要替悠輝加油。」

「悠輝？」

「對，我沒跟妳說嗎？我正在談戀愛。」

姊姊將遙控器抱在胸前，仰望著我。淡紅色的雙頰。一副幸福洋溢的模樣，露出熱戀中的公主完美的笑容。「這樣啊，妳一定很快樂吧。」我如此應道，同時心想，阿翔什麼時候死了嗎？

「才不快樂呢。人家是單戀，很難受耶。」

「哦。是你們班上的嗎？」

「沒錯。所以最近每天上學都很快樂。」

「明明就很快樂。真好。」

「才不好呢，就說人家是單戀嘛。」

姊姊長嘆一聲。那是完全不帶任何情感的嘆息。原來如此，我發覺她此刻正在享受這種單戀的設定。這樣啊，很痛苦對吧——我如此回應，但我多少也能明白這種快樂。當然了，我對阿佳的感情，與姊姊這種單戀家家酒完全不同。我們根本就是完全不同的層級。

「悠輝是棒球社的哦。」

姊姊以甜美的聲音低語。

「所以他一定會參加壘球比賽對吧？我要努力替他加油。讓他看到我替他加油的模樣。」

姊姊活像是隻可愛的小貓，緊挨著我的左臂磨蹭，如此說道。哦，說得也是——我正準備敷衍帶過時，發現了一件事。今天大家一起討論決定的球賽大會項目，今年沒有壘球。

我有種腦袋瞬間冷卻的感覺。怎麼辦？

「呃……今年不辦壘球。」

我實在不想說，但我判斷這時候不可能保持沉默，於是我盡可能表現得若無其事，對她說道。

「咦，為什麼？去年不是有嗎？」

姊姊猛然頭往後仰，抬頭望向我。她褐色虹膜正中央的瞳孔看起來彷彿突然變窄。

我察覺出姊姊的不悅，左手不自主變得緊繃。

「因為……今天在聽過各班的希望後，發現排球、躲避球等其他球賽比較受歡迎。」

「啊？不辦了嗎？」

「對。」

「是山本杏奈決定的嗎？她是委員長對吧？」

「不，是大家決定的。」

「爛透了。」

姊姊語帶不屑地說道，從我身上離開。她蹺起腳，靠向沙發的椅背。她的每一個動作都令我精神緊繃。

「那個女人真是沒用。我快氣炸了，怎麼辦？」

「其他項目也可以啊。」

「啊～枉費我那麼期待，這下全泡湯了。既然不能替悠輝加油，那就只能欺負小西來當娛樂了。」

「……小西是誰啊？」

「我們班上一個很胖的醜女。啊，我邀小西一起打躲避球好了。好想拿球砸她。要是我被球砸到，我就宰了她。」

姊姊猛然站起。她留下一句「不過，我現在最希望的是山本杏奈去死」，便朝廚房走去。目送她從短褲露出的一雙細長白皙的美腿，我腦裡想的全是姊姊的同學小西。姊姊至今仍惡習未改，只想欺負她眼前那些乖巧的同學。現在連開朗、充滿朝氣的杏奈她也看不順眼，有可能加以危害。她大概還不知道我和杏奈現在愈來愈熟了，也還不知道阿佳的事。不過，恐怕是早晚的問題吧？

我朝即將融化的冰棒一口咬下，草莓的味道在口中黏答答的擴散開來。原本的美味已消失無蹤。一直開著沒關的電視，不知何時播起了新聞節目。播報員語帶激昂地說到這幾天報導的重大案件的嫌犯已遭逮捕。畫面切換，拍到被員警包圍的嫌犯，在鎂光燈下一臉不悅地走著。

每次看到引發兇殘案件的嫌犯被捕的新聞，我就會想，這個人不知道有沒有兄弟姊妹。這個人的弟妹、兄姊，是不是從小就已發覺這個人的兇殘？

比起對案件被害人的同情，以及對加害者的憤怒，我更常以加害者妹妹的角度來看待案件。我覺得加害者的兄弟姊妹很可憐。他們一定都過著提心吊膽的生活，不知道自己的兄弟姊妹什麼時候會引發這種案件。很怕會因為自己兄弟姊妹所犯的案件，而讓自己的生活毀於一旦。

例如人生中很多重要的時刻。像升學、就職、結婚，這些或許全都會完蛋。就連一些更基本的事，例如安心睡覺、愉悅可口的享受飯菜、和人談天說笑，或許也都辦不到。身為兇殘嫌犯的兄弟姊妹，也許會一直過著讓人在背後指指點點的生活。自己明明沒做什麼壞事，卻受這樣的對待。未免太不合理、太苛刻了。

對了，做過各種夢的我，其實已經決定好殺死姊姊的方法！

那些從噩夢中醒來的日子，一點都不浪費，透過夢境，我學會一件事，擬定計畫重要的不是縝密，而是靈活彈性。夢中陸續發生許多意想不到的事。但有句話說，現實往往比小說還來得荒謬，現實生活中，確實發生各種超乎想像的情況以及偶發事件。因此我認為，比起只因為一個小環節出錯便全盤皆輸的僵硬計畫，還不如擬定一個遊刃有餘、從容不迫的殺害計畫來得好。

我想從高處將姊姊推落。什麼時候動手，從什麼地方，如何下手，目前還沒決定。在覺得「啊，現在好像可以哦」的時候，伸手往她背後一推。萬一失敗，最糟的情況是被看出是我下的手，我也會極力擺出很自然的態度，以一句「抱歉，是我不小心撞到姊姊」當藉口。話雖如此，我還是很怕被監視器或人造衛星拍到證據，所以最理想的地方是沒有監視器的屋內。不過，得是具有高度殺傷力的地方。沒有目擊者，也沒其他人在場的地方。只有我和姊姊兩個人造訪，不會讓人覺得不自然的地方。

這種地方在哪兒啊——在我腦內某個角落，已完全失去活力，無比冷靜的我，如此說道。哪有這麼巧合的地方？妳是真的想動手嗎？別太小看這種事。

我是真的想動手，而且一點都沒小看這件事。一定會找到最合適的場所。很快就能下手，沒問題的。阿佳和杏奈也都不會有事的。繪莉、我、媽媽、爸爸，也都不會有事。這世界將成為一個幸福又和平的場所。沒什麼好怕的。

我因冰冷的毛毯而身子蜷縮，一直這樣告訴自己，好不容易才入睡。夜裡一度因姊姊房間椅子發出的聲響而醒來。之後我夢到國中時代被昔日好友痛罵的場景。

「妳黑眼圈好嚴重啊。」

繪莉往我臉上窺望，很直接地說道。

有那麼嚴重嗎？我如此詢問，她很肯定地說道：「很嚴重。」

「昨天我一直在看影片。」

「啊～確實是有這種情況。什麼影片？」

「柴犬。」

「啊～這就難怪了。」

因為一看到貓和柴犬，就會教人停不下來——繪莉一再點頭，表示同意。「就是說啊」，我雙手按住眼皮。

早上在電車上見面時，阿佳一看到我的臉，一時也露出有話想說的表情。阿佳是個纖細的人，所以他把來到嘴邊的話又吞回肚裡，但他一定也覺得，這傢伙黑眼圈好嚴重啊。還有，今天我左邊劉海一直都梳不好，微微從劉海的縫隙處露出額頭的傷疤。他對我的傷疤也許有什麼想法。

「喏，賞妳膠原蛋白。」

我因繪莉的聲音而睜開眼睛，發現她遞給了我一個小熊造型的軟糖。是綠色的，大概是青蘋果口味。送入口中後，一股酸甜的芳香直衝鼻端。感覺心情恢復了些許。

「謝謝妳，天使。」

「不客氣。球賽大會的執行委員，今天會在放學前的班級時間上臺宣布事情吧？」

「啊……差點忘了。得決定各個項目的出賽者才行。」

「我參加哪個好呢？麻友，妳要參加哪一項？」

「就我的立場來看，大概是哪邊有缺，我就去哪邊吧。」

「那麼，看哪邊有缺，我也參加吧。反正球賽我樣樣精通。」

妳去年桌球賽不是被秒殺嗎？經我這樣一戳破，繪莉得意地說道：「運動是看熱情，不是看勝負，所以真要說的話，能樂在其中的人才是優勝者。」

少說傻話了——我笑著說道，但心裡卻深有所感，覺得她說得真好。繪莉如果是我姊姊就好了。我又開始想著這種沒意義的事。

「繪莉，妳有兄弟姊妹嗎？」

「嗯？有啊。有哥哥。」

「你們感情好嗎？」

「嗯……普通啦。」

我心想，要是有個像繪莉這樣的妹妹，應該會很驕傲吧。我微微嘆了口氣，接著繪莉給了我一顆紅色的小熊軟糖。

雖然我說哪個項目缺人就參加，但還是有個很想避開的項目。躲避球。幸好躲避球很多人想參加，看來不用擔心會有缺額。渚也很想參加躲避球，但因為超額，最後猜拳決定時她又猜輸，她顯得很懊惱。

「那麼，接下來有誰要參加排球？」

會議主要由阿佳主持。也許他是發現我睡眠不足，而有樣的貼心之舉。他真的超棒。就算不是這樣，阿佳光是站在眾人面前，大家就會有種溫暖、平靜的感覺，所以為了全班著想，這是明智的做法。我負責寫黑板，但我不時會望著窗外，精神不集中。天色原本偏黃，現在愈來愈濃了，不過天色還很亮。現在晝長夜短，夏天的腳步逐漸接近。去年夏天，我還不認識阿佳。但今年夏天，是個有阿佳在的世界。

我對此覺得很開心，同時又有一股不知如何是好的焦躁驅策著我。我希望有阿佳在的世界裡，不要有姊姊的存在。

將她推落的場所……當我腦中想著這件事情時，有個小小的聲音在我身後叫著「麻友同學」。

「剩下的人說，他們參加哪一項都行，怎麼辦？」

「呃，那就隨便安排吧。」

我和剩下的同學討論後，很順利的決定好大家參加的比賽項目。我參加室內五人足球。繪莉和渚也和我同隊。阿佳參加排球。我們將分別在體育館和球場兩地進行，這令人感到寂寞，不過大會當天不知道姊姊會從哪邊看到我們，所以還是分開來比較放心。

「那麼，以不受傷為原則，大家全力以赴吧。」

阿佳很刻意的以這句話當結尾，大家也都露出溫暖的微笑。班級時間結束後，大家各自投入社團活動以及放學後的娛樂中。繪莉參加社團活動，阿佳輪值打掃，不知跑哪兒去了。我則是留在講臺上，以手機拍下黑板上抄寫的內容。同時心想，杏奈他們班現在應該也差不多討論完了吧。

拍完照片後，我仍朝黑板凝望了半晌。執行委員希望大家能玩得盡興，而討論決定的比賽項目，上頭寫著同學們的名字。高中的球賽大會，原本以為沒人會全心投入，只是個祥和中帶點麻煩的輕鬆活動。不過姊姊對這樣的輕鬆卻不肯妥協，極力想從中找出可以貶損他人的機會。她想對杏奈找碴，欺負文靜的女生。離球賽大會還有兩個禮拜。要是姊姊對她們做出殘酷的事，害她們不敢來學校，那該怎麼辦？可能會因為壓力而造成身體出狀況、成績下滑、無法升學、不敢外出，搞不好還會喪命？

姊姊一定完全不當一回事。但我就不行。要是因為我拖拖拉拉，沒能殺死姊姊，而造成哪個善良的人受傷或是死亡，我不可能完全不當一回事。像我國中時代那樣的懊悔，我可不想再重來一遍。如今我要是能在兩週內辦到，或許就能阻止這種憾事發生。

待我回過神來時，教室內已變得一片悄靜。原本聚在窗邊的最後數人，正緩緩從後門走出。阿佳與他們擦身而過，同樣從後門返回。

「咦，麻友同學。」

一見到我，阿佳略微睜大眼睛。

「妳還在啊。抱歉，這項工作都丟給妳一個人處理。」

「不，已經處理完了，我只是在發呆。」

我微微感到眼眶發熱，我現在正想和阿佳說說話。雖然我無時無刻都想和他說話。

「阿佳你呢？你在忙什麼？」

「啊，我剛倒垃圾回來。我猜拳又猜輸了。」

阿佳難為情地笑著，在面前擺出剪刀的手勢。阿佳該不會每次都只出剪刀吧？阿佳，你每次猜拳都輸呢。因為這個我們兩人共有的笑點，我們兩人相視而笑。啊，這就是幸福。

「你跟我說一聲的話，我就可以幫你倒垃圾的說。」

我想起先前那奇蹟般的倒垃圾時光，如此說道。雖然當時很不幸地遇上姊姊，但最後還好阿佳賜給了我幸福感。他第一次叫我的名字。

「不，今天垃圾真的很少，所以我忙得過來。總覺得我們班垃圾很少呢。大家都這麼環保嗎？」

「是嗎？」

「嗯。有什麼我可以幫忙的嗎？」

咦？我側著頭感到納悶。

幫忙？

這是……什麼意思？我剛才應該已經告訴過他，委員會的事已經忙完了。

我一時想不出該怎麼回答才好，阿佳的駝背變得更駝了，低語似地說道：「我覺得，妳今天好像沒什麼精神。」

「或許妳會覺得我太厚臉皮，但我只是在想，不知道能不能幫得上妳的忙。」

阿佳眉尾下垂，面露笑容，前面的劉海晃動。輕柔的徐風從敞開的窗戶吹了進來。

運動社團的吆喝聲和吹奏樂社團的樂器聲，微微混在風中傳來。但此刻在教室裡唯一有意義的，就只有阿佳的聲音。金色的陽光射進教室裡，排列整齊的課桌和剛打掃過的地板，靜靜泛著亮光。我確實感覺到阿佳的溫柔盈滿整個空氣中。

啊～真想現在就跟阿佳告白。

「我……」

我好喜歡你。

不知道從什麼時候起，便很喜歡你。

我們之間沒有什麼特別的小故事，不過，阿佳每天的生活態度、每個時刻的平靜溫柔、每分每秒的呼吸，這每個瞬間我都喜歡。喜歡他的存在。光是想到阿佳，我就能有溫柔、純潔的好心情。這是莫大的救贖。

我好喜歡你。

原本想繼續說下去。覺得自己能鼓起勇氣表達心中的情愫。但就在即將開口前，感到胸口一緊，說出的是不同的另一番話。

「我……有事很困擾。」

我很清楚自己想說什麼，但這就像是受到胸中的壓迫感擠壓般，很自然地脫口而出。

「有事很困擾？」

「嗯……因為我姊姊的事。」

「咦？妳是說妳讀一班的姊姊？」

「嗯，沒錯。」

等等。

要說出那件事嗎？

真的？

我對自己說的這句話感到動搖，我只是想對他展開愛的告白。照眼前的發展來看，再這樣下去，恐怕會變成罪行的告白。那可不妙。為了得到安穩的生活，我得達成完美犯罪才行，所以不能向任何人坦白說出姊姊的事。

明明不該這麼做，但我在提到姊姊的那一瞬間，卻有一股難以克制的解放感。我想跟人說，其實我一直想說。因為我要殺掉那個十惡不赦的姊姊，我實在無法自己一個人守住這個秘密。

「妳和妳姊姊怎麼了嗎？」

阿佳以溫柔的聲音聽我說。

他的眼神，令我感覺自己彷彿變成一個年幼柔弱的孩子。想讓他明白我的一切。想向他傳達我對姊姊的所有感受。只要說完這一切，我覺得自己就能對阿佳表白。如果姊姊的事一直重重壓在我身上，我便無法敞開心胸，向阿佳訴說我心裡的情愫。

「我姊姊她……」

我的腦袋急速運轉，努力思考姊姊的事。該怎麼形容姊姊才好呢？要如何說明，才能正確傳達出她的形象，讓阿佳正確地明白她的威脅性？我一顆心噗通噗通直跳。

「她是個很壞的姊姊。」

「咦，很壞？」

「嗯，我跟你說……也不知道該說她是無可救藥地邪惡，還是心術不正，總之，她很殘忍就對了。她見不得別人幸福，喜歡傷害他人，但她對自己的壞完全沒半點自覺，所以可說是劣根性太重。尤其會毫無意義的捉弄人，將人逼入絕境。從小她就一直是這樣。我也一直受到欺凌，有許多人都受她霸凌。真的是個最差勁的人，壞到了極點。」

我希望能傳進阿佳心裡。我這份心意太過強烈，因而無法清楚地表達。但我滿心期待他能明瞭，筆直注視著他的雙眼。他露出平時難得一見的認真表情，似乎接受了我說的話，微微頷首。然後像在細細感受我的痛苦般，沉默了數秒。

接著阿佳抬起頭，鬆開他緊蹙的眉頭，以他平時的溫柔眼神說道：

「麻友同學。」

「嗯。」

「感覺……妳很辛苦。」

「嗯!沒錯。」

「不過……該怎麼說呢，這樣子形容自己的姊妹，不太恰當。」

不太恰當。

那是沒半點動搖、毫不猶豫、斬釘截鐵的口吻。

我一時間以為阿佳是在跟我開玩笑。我說那個邪惡的女人壞話，他竟然說這樣不太恰當，太好笑了。這玩笑挺風趣的，但我旋即發現我錯了。阿佳是說正經的。

「說家人壞話，不太恰當。抱歉，我講得好像自己很了不起似的。不過我還是覺得，妳就這麼一個姊姊，把她說成這樣，不太恰當。」

阿佳露出率直的眼神。我想不出什麼有意義的回答，就只是點頭應了聲「這樣啊」。

「嗯……我們都是凡人，所以難免會有惡的一面，當然了，我有時也會被弟弟妹妹惹得發火。但我認為，世上沒有那種壞得無藥可救的人。只要好好花時間溝通，一定可以相互理解，這就是人。而姊妹之間更是如此。」

「這樣啊。」

「嗯。她是妳姊姊，絕對不是那麼壞的人。放心吧，妳們好歹是一家人。」

我望著阿佳不斷講著正經話的嘴巴，反覆地說著「這樣啊」。他的話是那麼美麗、聖潔，但聽在我耳裡卻是無比空虛。我心想，唉，真是白費力氣。

我對被迫得聽這些空洞話語的自己感到可憐，而難得阿佳這麼認真地講了這些正經八百的話，聽在我耳裡卻只覺得空洞，我對他覺得很抱歉。阿佳還在繼續說，我笑著應道「說得也是」。阿佳很正直，所以才會和我話不投機。我明明喜歡阿佳的正直，但為什麼一直沒發現這點呢？

此刻我有種很不可思議的感覺，我已經不再喜歡阿佳了。

杏奈打電話來。

阿佳就在我面前。他在場也無所謂，於是我馬上滑開畫面，將手機貼向耳邊。

「麻友嗎？抱歉，突然打給妳，妳回家了嗎？」

「不，我還在教室。」

「太好了。有件事我想直接跟妳談，方便嗎？」

「可以啊。妳現在人在哪裡？」

「我也在教室。可以請妳來一趟嗎？現在這裡只有我一人。」

一班。姊姊的教室。雖然心裡有點抗拒，但最後，想一探究竟的心還是戰勝了抗拒，我回答她「我這就過去」。通話結束。我對阿佳說「我去杏奈那裡一下」。

「感覺她好像有什麼秘密要跟我說。」

「哦，這樣啊。那我先走了。」

「嗯。」

「呃……妳要打起精神。不過，這純粹只是我個人的感想啦。」

「我知道，謝謝你。」

我是真的很感謝他。不過，我已經不再喜歡他了。原本占去我心中很大部分的那份情愫已經消失。那蓬鬆、溫柔、雀躍、在心中隱隱作癢的感覺，已經完全消失了。我拿起書包，向阿佳揮手說了聲「掰掰」。他也朝我揮手說「掰掰」。用他那無比溫柔的笑臉。阿佳真是個溫柔的好人。但他的溫柔不適合我。

來到走廊後，覺得皮膚感應到的溫度降低了些許。我邁步走向左手邊，朝一班而去。一邊走過相連的教室門口，一邊思考。如果我的姊姊不是她的話，阿佳那美麗又聖潔的意見，我應該就能當作是和自己同一個世界裡的事，坦率地聆聽，而不會對阿佳的正直感到空虛，還是能像個傻瓜一樣喜歡他。

也就是說，我這次失戀也是姊姊害的囉？

我使勁推開一班的門。杏奈淺淺地坐在窗邊數過來第三排最後面的課桌上。

「呀呼～不好意思啊。」

雖然現在完全不是這種氣氛，但我還是抬起手喊了聲「呀呼」回應。

對了，杏奈找我有什麼事？我滿腦子想的都是阿佳的事，也沒做任何猜想，便前來赴約，不過，她到底想跟我說什麼呢？我率先想到的，是委員會的事。如果不是的話，難道是……

「太好了，妳還留在學校。」

「嗯，因為還有許多事要處理。就那些球賽大會的事。」

「我想也是。大家都決定好要參加哪個項目了嗎？」

「決定好了……因為是阿佳主導，所以進行得很順利。」

「這樣啊。太好了。」

「杏奈妳呢？」

「嗯，是決定好了，不過……」

杏奈的聲音聽起來比平時低沉許多。看起來也悶悶不樂。雖然站在她身邊，但我卻心不在焉地環視教室，心想，不知道姊姊的座位在哪一帶。教室的格局，每個班都大同小異。但是一想到姊姊每天都在這個班上課，就覺得有點緊張。要是姊姊從講桌後面跳出來，那該怎麼辦？

「我要跟妳談的是關於小凜的事。」

來了。

果然不出我所料——這個想法變得強烈。我的不祥預感向來都很準。

「嗯。」

我一面附和，一面回想昨晚姊姊說的話。她語帶不屑地說了一句「我現在最希望的是山本杏奈去死」。就只是因為她喜歡的人能在球賽大會中有活躍表現的項目沒入選，一個無聊之至的理由。

「這件事我有點難以啟齒。或許應該說，妳可能會覺得我跟妳說也沒用。」

杏奈明顯表情沉重，低頭望著我腳下。光是這樣，我便已看出一些端倪，感覺真痛苦。不，真正覺得痛苦的人是杏奈。應該是姊姊對她說了些什麼吧，說了什麼殘忍的話，傷了她的心，令她產生厭世的念頭。

「其實還不到那麼誇張的程度啦。不過我有點擔心。所以心想，或許先跟麻友妳說一聲會比較好。」

「嗯。是什麼事？我想知道。」

只好聽她說了，畢竟我是姊姊的妹妹。幸好杏奈的聲音聽起來沒有要責備我的意思。我反而覺得，難道這單純只是關心？

「呃，小凜目前在家中是什麼感覺？」

「咦？什麼感覺？」

她很希望杏奈妳去死。

「我覺得很一般啊。」

「這樣啊。」

「嗯。」

「嗯……跟妳說哦。」

一陣吞吞吐吐後，杏奈這才開口道：

「小凜她現在在班上，快要被孤立了。」

4

國中時，因為姊姊霸凌同學惹出麻煩，父母被學校找去。那是即將邁入國三暑假前的事。姊姊升上國三後，又鎖定班上一個不知道叫什麼名字的男生，持續展開揶揄、惡言相向、無視對方的存在等慣用的霸凌手段。就像來到新班級後，每個人都會慢慢結交好朋友一樣，在新環境裡找一個霸凌對象，對姊姊來說也是很自然的事。在姊姊的煽動下，她的好朋友們也加入霸凌的行列，這是她一貫的模式。姊姊很懂得緊緊揪住人心，加以撼動，或是突然鬆開，把人操弄於股掌之間。

在即將大考的重要時刻，搞什麼鬼啊——當時雖然為此覺得煩心，但內心同時也頗感雀躍，覺得作惡多端的姊姊終於要接受制裁了。姊姊至少會被處以停課處分吧，我對此滿懷期待。

聽說一共有六人被叫至校長室。包含姊姊在內，共有四男二女。在找來的監護人和老師們面前，姊姊似乎態度恭順地流了眼淚。她說，我不知道那位同學討厭我。雖然我說了那些欺負人的話，但我都當那是在開玩笑。從沒想過那是霸凌，對不起。

我心想，人長得美的姊姊，當時一定是淚光閃閃，淚珠晶瑩，美麗動人。

那四名男生對那位同學又打又踹，還破壞他的個人物品，但這兩名女生並未出手。最後，只有男生接受懲罰，暫時在家反省。姊姊和另一名女孩無罪。校長對哭個不停的姊姊勉勵道，知錯能改，善莫大焉，今後妳要更常去感受別人的心情，多一份體貼關懷。

父親從學校返回時，還嘆氣說，這不過只是女生的言語調侃，竟然當成霸凌來處理，未免也太小題大作了吧。母親則是以平時的口吻訓誡道，所以我平時就常跟妳說，不能說別人壞話。當天晚上，姊姊很大聲的和朋友講電話，聲音都傳到我房間裡了，她充滿朝氣地笑著說，被罵了一頓，真是倒楣透了，不過只有男生們頂罪，真是走運，等暑假結束，我們再想個不會穿幫的做法，好好還以顏色吧。

我心想，他們每個人都是笨蛋嗎？

「小凜她或許沒惡意，但她常對小西同學講一些聽起來像在損人的話。大家一開始都只是稍微出言提醒，但最近感覺……嗯。不，她說她沒惡意，表示她自己也知道，而大家也都這麼認為。而實際接受她這種惡言相向的小西同學，雖然笑著說她沒放在心上，但如果就因為這樣，周遭人都不當一回事，我覺得這樣也不應該……而且，她說的那些話，聽了心裡不可能會覺得舒服。而大家也不知道該怎麼去面對她，所以便開始與小凜保持距離……大概就是這種感覺。」

杏奈交握的雙手頻頻動個不停，很努力地說明這件事。

我一直聽她說，猛然發現自己聽得目瞪口呆，想必露出很憨傻的表情。

「我也不知道該怎麼辦才好。應該說，我第一個想到的就是麻友妳。我和妳交情不錯，但要我就這樣裝不知道，任憑小凜處在周遭這樣的氣氛下，我實在不想這樣……一邊讓小凜處在被班上孤立的狀態，一邊又和妳當好朋友，這樣感覺很像在欺騙。應該說，這讓我覺得自己不夠誠實。」

「不。」

「所以我才想直接和麻友妳討論，感覺自己像個傻瓜似的，對妳很抱歉。因為我只想得出這個辦法了，真的很抱歉。」

「不……別這麼說。」

沒事的——我雙手在胸前揮個不停，回以傻笑。其實我真的沒事，只不過，我一時還沒辦法理解。姊姊在班上被孤立？

「剛才在決定球賽大會的比賽項目時……」

「嗯。」

「起了一點……小衝突。」

「哦。我姊姊對小西同學說了什麼嗎？」

「對。就是那種感覺。所以有同學生氣了，對小凜說，喂，妳會不會太過分啊。結果小凜班級時間上到一半便早退。當時老師不在教室，也沒人來得及阻止她。」

「哦，這樣啊……」

中途鬧脾氣，就此返家的姊姊，很容易想像這個模樣。沒錯，要是有同學罵姊姊，她當然會那樣做。不過，我想像不出同學指著姊姊罵的畫面。姊姊明明一直都是女王啊。在班上永遠都身處在最華麗、最亮眼、最有影響力的圈子裡。人長得漂亮，成績又好，又懂得掌握人心的姊姊，明明永遠都天不怕地不怕，恣意展現她的殘酷，我想像不出她在團體裡被孤立的模樣。有人敢反抗我姊？

但我突然想到。姊姊一樣是以前那個姊姊，但她周遭的同學們可不會永遠都是小孩子。不會一直都乖乖受她支配，不是嗎？

「那位責罵她的人。真是個好人。」

「咦？」

「因為像這種情況，通常都不好當面指責吧。」

「啊，嗯，說得也是。因為吉澤這個人正義感強，也可說她是個很正直的人。」

「我姊姊她對小西同學到底是說了什麼？」

「哦～好像是談到她的體型吧？開了她一點玩笑。」

哦。應該是說到胖子的唯一用處，就是在躲避球中當擋球的人牆吧，不難猜想。這麼快就猜想得到，我對這樣的自己感到有點沮喪。

「這樣啊。」

「嗯……」

「不過，如果是這樣的話，罵我姊一頓，這樣對她也比較好。因為妳看嘛，我姊這個人有點……天然呆的感覺。」

「啊，嗯。說得也是。」

「所以直接說出她哪裡不對，這樣也好。會被孤立的話，就孤立吧，這樣她也才會稍微懂得去想想別人的感受。」

「嗯……這樣啊。」

「她把氣氛搞僵，真是抱歉。」

「不，別這麼說。因為……」

這是大家的問題——杏奈說。姊姊的個性這麼糟糕，是全班同學的問題。是大家該一同投入的課題。One for all, all for one. 杏奈是真的打從心底這麼想嗎？如果是的話，她這個人也太好了吧，好到有點恐怖。就算只是在我面前說這樣的話，她也一樣是個好女孩。就算我將姊姊在家裡說她的事告訴杏奈，杏奈應該也不會改變原本的意見吧。

「這樣啊。嗯，謝謝。也要謝謝妳告訴我這件事。不過，不管我姊在班上怎樣，我都不會怪罪妳。所以……妳別太在意。妳如果不放在心上的話，我會很高興的。」

我腦中想著許多事，但我還是告訴她，總之，什麼都不要在意。除此之外，現在我想不到有什麼特別想說的。身為杏奈的朋友、姊姊的妹妹，我別無所求。

「謝謝。」

杏奈眉尾下垂，莞爾一笑。我們的對話就此算結束了，我們決定一起回家。杏奈說她接下來要去打工。我沒什麼特別的安排。在車站告別時，杏奈對我說：「下次我們再三個人一起出去玩吧。」哪三個人？雖然心裡納悶，但我只是含糊地應了聲「嗯」。我揮手望著杏奈離去的背影，同時明白，啊，她指的是她、我，還有姊姊三人。目送她離去的背影，我心想，這不太可能。

電車很快便駛進站，我坐上前面的車廂。自己一個人獨處後，我重新回顧剛才說過的話。姊姊被孤立，我現在還是強烈覺得不可能有這種事。我並不是在懷疑杏奈騙我，只不過，若與我的常識相對照，這樣的內容未免太過奇幻。一個邪惡的魔女，竟然被正義的同學逐出國度。

不過，仔細想想，小時候我對姊姊的認知，與周遭人有很大的落差。

我一直以為姊姊只是心眼比較壞，算是很一般的姊姊。但周遭的孩子卻都因姊姊殘酷的行徑而心靈嚴重受創，對她敬畏有加。在被害人的母親理智斷線，拿我出氣之前，我一直都沒發現這件事。

也許哪天又會出現認知的落差。雖然我認為姊姊是會對這世界帶來嚴重危害的危險人物，但也許現在周遭人就只當她是個有點難搞、講話毒舌的頭痛人物。也許姊姊的壞，就只有這麼點程度。全世界就只有我一個人想得太過嚴重。小西同學對姊姊的侮辱言詞一笑置之，吉澤同學則是當面對姊姊展現她的滿懷義憤，而姊姊則是逃離了教室。我緩緩的走在車站到家中的這段路上。一條走慣的路，到處都潛藏了從小與姊姊有關的小故事。

來到左手邊可以看見公園的十字路口時，幸災樂禍的情緒這才湧現。

晚餐時與我碰面的姊姊，看起來與平時無異。既沒顯得沮喪，也沒不開心。所以我的態度也和平時一樣。「活該」，我努力不讓這種情緒顯現在臉上。爸媽聊到種在庭院的大花四照花和繡球花的花苞數量，無比祥和。我多次心裡湧現衝動，想向姊姊拋出學校的話題，但我忍了下來。我忍得好辛苦。姊！姊！你們今天在班上已決定好球賽大會的項目對吧？妳參加哪一種球賽？我和幾個好朋友要參加室內五人足球哦，雖然不管哪種球賽都好，不過，這也是因為我和班上同學都處得很好！姊，妳呢？我把這些話全嚥回肚裡。

飯後，姊姊馬上去泡澡。我在自己房間的書桌前，打開今天出的習題，不過腦中想的全是姊姊的事。在班上被孤立的可憐姊姊！我還有種置身夢中的感覺。老實說，我感到半信半疑。這全都是想殺姊姊卻苦無方法的我，所做的一個符合想望的夢吧？如果這世界真的成了一個受姊姊欺凌也不會崩毀，不容許姊姊的惡意存在，正直又強悍的場所，那我就沒必要為了守護眾人而殺死姊姊了。世界會自己守護它自己。既然這樣，世界或許也會保護我。

當我望著習題上的文字時，手機發出亮光。是杏奈傳來的訊息。上面寫著：『小凜沒事吧？』

我心想，她可真中規中矩。不，她這樣和中規中矩不一樣。怎麼說好呢？該說是好心，還是替人著想呢？總之，是一種更善良的情懷。我回答道『她沒事』，並附上小鳥笑嘻嘻的貼圖。

『太好了！』

她傳來一隻兔子在哭泣的貼圖。這隻兔子似乎是用來表示她知道姊姊沒事，喜極而泣。

此刻我周遭真的全是好人。不論是杏奈，還是阿佳。

……啊，阿佳。

經這麼一提才想到，我今天被阿佳甩了。不，不對。不是被他甩了。應該說，就只是自動性的失戀。自動性的？總之，這場戀情很自然的回歸於無。就在短短數小時前的放學後，發生了這麼一件事。我現在突然想起。

現在才突然想起自己失戀，這種事可以這麼不當一回事嗎？這才是今晚更應該當作主軸來思考的事吧？我應該為這場戀情的結束哀悼才對吧？我原本是那麼喜歡阿佳，現在他的光輝全消失了耶！雖然心裡這麼想，但此刻的我，在心中大喊「姊！妳活該！」的心情更為強烈，根本無暇哀悼。

傳來走樓梯發出的嘎吱聲。是姊姊走上二樓的聲響。接著是隔壁房門開啟的聲響，椅子發出的嘎吱聲。在隔壁房間裡，姊姊還好端端地活著。

或許這樣也就夠了。也許我可以不必殺死姊姊。

早上我搭乘平時那班電車。一如往常，阿佳在學校的前一站上車。看到我後，向我點頭致意。在下一站一起下車。

「妳和妳姊合好了是嗎？」

在月臺上站我身旁的阿佳，在對我道早安後，馬上這樣說道。我思考了一會兒後，應道「嗯，沒錯」。

「難怪。因為看妳今天顯得很有朝氣。太好了。」

阿佳露出柔和的微笑。

「謝謝。也許這都多虧有你的建議。」

「才沒這回事呢。因為妳們畢竟是姊妹嘛。」

「是嗎？或許吧。謝謝你。」

我淨說好話，同時偷偷觀察與我並肩同行的阿佳。駝背、微微下垂的眼角、凌亂的頭髮。一點都不帥。不，這我之前就知道了，但先前覺得他就是一點都不帥才迷人，這種感覺現在已蕩然無存。這場戀情已死。儘管過了一晚，同樣無法復甦。我抱持著平淡的心情，和阿佳很自然地閒聊，走上坡道，往學校而去。和他談話還算快樂，我們算是交情還可以的朋友。昨天還對他保有愛意時，我也曾想過，也許阿佳也喜歡我，我們已算是兩情相悅，但現在夢醒後，覺得阿佳其實也沒特別喜歡我。好在沒隨便跟他告白，我們就永遠當一般的朋友吧。

今天天氣真好，走上坡頂時，已微微冒汗。不時有清風徐來，無比暢快。就像阿佳說的，我比昨天有朝氣多了。昨晚我一夜好眠，完全沒做夢。

「咦，難道妳跟他告白了？」

午休時，繪莉突然這樣說道。我嚇了一大跳。

「咦？不，我沒有啊。」

沒錯，我沒告白。所以我大可不必這麼吃驚才對，但我卻有種被人說中的感覺。我很率直地反問她：「為什麼這樣說？」

「因為覺得妳容光煥發，氣色很好。」

「咦，是這樣嗎？謝謝稱讚。」

「昨天妳根本就面色如土。」

「面色如土？」

「所以我才以為妳是因為告白成功，覺得開心，才會這樣容光煥發。」

「不，如果是那樣的話，我會先跟妳報告的。」

「是嗎？所以我剛才還在想，妳好過分，都不傳LINE告訴我。」

「因為我沒告白嘛。」

「好在是這樣。」

繪莉心滿意足地點頭，以吸管戳向她常喝的草莓牛奶紙盒包。我心想，啊，待會我也要買這個。雖然要在夏天之前瘦身成功的目標還沒取消，但比起當初的計畫，現在有幾個最終目標已經往下修正了。

「不過，我認為妳也差不多是時候該考慮這麼做了。」

繪莉那鬈翹的睫毛朝向我，對我嫣然一笑。不，其實阿佳現在對我來說已經不重要了，這句話我實在說不出口。將近兩個月的這段時間，我成天把阿佳掛嘴邊，但現在沒特別的理由，卻突然對他失去感覺，如果告訴繪莉實話，她很可能會覺得，妳這傢伙有什麼毛病啊。

如果要清楚告訴繪莉原因，又該怎麼說明才好呢？阿佳完全不能明白我想殺死姊姊的心情，所以我對他失去了感覺！像這樣說嗎？繪莉會對我感到同情，而回一句「啊～這樣確實會對他失去感覺」嗎？

「不過，我覺得維持現在這樣很幸福。」

「妳說這種話，要是被其他女生搶走怎麼辦？」

「嗯……那我也沒辦法啊。」

「阿佳人很溫柔，搞不好有很多女生暗戀他哦。」

「這是當然。」

「既然這樣，妳就應該直接跟他說清楚。如果是在LINE上面寫，阿佳可能會當妳是在開玩笑。要是他當妳是在開玩笑，妳一定也會索性就當這是玩笑話，對吧？」

「嗯。」

我雖然點頭，但心裡卻覺得，現在還大可不必說出這件事。我喜歡阿佳的這種氛圍，繪莉相當樂在其中。

「既然要直接告白，我希望情境可以再講究一點。」我吹噓道。

「也是啦。」

「所以目前還是再觀望一下好了。沒問題的，我想，阿佳應該會等我。」

「哦～有點驕傲哦。」

「應該說，也許我們已經算是展開實質的交往了。」

「是是是。」

「麻友。」

突然有人從後方叫我。

轉頭一看，是姊姊。

我頓時一口氣鯁在喉頭。

「妳有沒有帶國文課本？」

姊姊的頭往旁邊一偏，一頭烏黑秀髮往肩膀擴散開來。那雙淡褐色的眼珠注視著我。為什麼？這裡是我的教室耶。為什麼？她為什麼會來？

姊姊是來借課本的。

我花了幾秒鐘的時間才搞懂這件事。

「我沒帶。」

我如此回答。聲音相當柔弱。姊姊的眼睛瞇成一道細縫。

「啊，我有哦。」

繪莉舉起手。我還來不及阻止，她已站起身，走向她與我間隔兩排的位子。「咦，真的有？」姊姊發出興奮的聲音。繪莉很快便拿著課本返回。

「喏。不過上面寫了很多字，有點髒就是了。」

「哇～謝謝妳，真是幫了我一個大忙。我上完課就馬上拿來還妳。」

「什麼時候還都行。因為我們班今天沒有現代國文課。」

姊姊和繪莉聊了起來。我難以置信地望著眼前這一幕。「真的很謝謝妳。」以甜美的聲音說著這句話的姊姊，看得出她的眼睛已迅速將繪莉打量過一遍。

「那我走囉。」

姊姊拿著繪莉的課本，就此離去，我的血液這才又重新流入腦袋。姊姊在午休時到教室來找我。這太驚悚了。

「好可愛的女生啊，她誰啊？」

繪莉重新坐向我前面的座位，向我問道。
「啊……她是一班的女生。」
「哦。跟妳是什麼關係？」
「我、我們同一所國中。」
我馬上編了個謊言。不，這不是謊言，我和姊姊國中也念同校。一直都同校。
這樣啊，有自己老家的好朋友，真好，繪莉點著頭，沒再針對剛才出現的女生追問。她悠哉地喝著草莓牛奶，視線落向手機。被姊姊看到繪莉，令我大為震驚，因為姊姊有可能因為繪莉是我的朋友，就動歪腦筋想攻擊她。由於繪莉很可愛，姊姊心裡會想，妳竟然有這麼可愛的朋友，很臭屁嘛。可是……
姊姊專程到我班上來借東西，這種情形過去不曾發生過，而且是借課本。和隔壁同學一起看不就得了，或是跟教室附近的同學借也行。向來都認為別人給她東西是理所當然的姊姊，竟然從走廊那頭的一班，大老遠的走來另一頭的六班來請我幫忙，這太令我驚訝了。難道說，姊姊現在真的沒半個朋友？她能拜託的人，除了我之外，沒別人了？
之前聽完杏奈說的話，一時間想像不出「被孤立的姊姊」是什麼模樣，但現在稍微摸到邊了。眼前的繪莉正用她漂亮的指甲觸碰手機。姊姊要是攻擊繪莉，繪莉應該會贏吧？繪莉看起來比被孤立的姊姊還強。不，話說回來，我為什麼會想讓姊姊和我的朋友交戰？剛才發生的事，就只是姊姊來借課本，繪莉借她，如此祥和的往來。攻擊指的是什麼？我應該是害怕姊姊會真的對繪莉做出什麼事吧。例如口出惡言？我之前是因為害怕姊姊口出惡言，才想殺了她嗎？

「繪莉。」

嗯？繪莉一派悠閒地抬起頭來。

「剛才那個女生，是我姊姊。」

第五節課是體育課。雖然向來都是和隔壁的五班一起上，但因為考試前要改變時間分配，所以改為和四班一起上課。換好運動服，在體育館集合後，老師特別允許道：

「因為進度有落差，所以今天的課可用來為球賽大會做練習。」

「太lucky了，我們就卯起來練習吧。目標是拿下冠軍。」

渚顯得幹勁十足，但坦白說，我覺得憑我們這樣的球隊成員，要拿下冠軍實在很吃力。繪莉雖然有心，但她跑不快，而我則是不擅長踢球。其他兩名女生也不是什麼運動健將，大家感覺就只是希望能在不受傷的原則下完賽。要是遇上成員大多是足球社組成，實力堅強的班級，我希望能在慘遭屠殺前，自己先投降認輸。

每一種項目都一起共享體育館的空間，展開練習。我朝四班瞄了一眼，發現他們有個人將運動服的短袖捲至肩膀，十足運動社團的感覺。從運動服的穿法，隱約可以看出當事人對運動所抱持的態度。總之，看來是會輸給四班。正當我心不在焉地想著這件事時，我猛然發現一個人。一名穿著長袖運動服，整個遮至手掌的女生。我認得那張臉，是國中時教我做起司蛋糕的畠山志保。

「同學，難得有這個機會，要不要來一場練習賽？」

渚向四班的隊伍喚道。

「突然就要比賽？」

「不然還能做什麼？」

「像是傳球練習啊。」

「啊，這個好，那就一起練習吧，之後再比賽。」

渚和四班那幾名運動社團的女生好像認識，她們馬上談妥，就此準備一起練習。現在談到要先從倉庫裡搬出室內五人足球用的足球以及球門。渚她們在討論時，以及大家一同走向體育館旁倉庫的路上時，畠山志保都沒望向我這邊。她和國中時一樣，亂鬈的頭髮綁成一束馬尾，我一再偷瞄她的側臉。也許她還沒發現我，也可能明明已經發現，卻刻意不看向我這邊。我的自我意識緊繃。

倉庫裡早已擠滿了事先在裡頭做準備的排球隊學生。避開讓搬運沉重支架和球網的那一行人通過後，我伸手搭向堆在室內五人足球球門前的紙箱。

「啊，倉石同學。」

後面有人叫我，我猛然一驚，回身而望。是畠山志保。她叫我，用很一般的口吻叫我。

「那個很重，妳一個人大概搬不動哦。」

好久沒聽到她的聲音了。從國一之後，已經有四年沒見了。但此刻聽到那略顯含糊的輕細聲音，我馬上熟悉那樣的感覺，心想，啊，沒錯，這就是畠山志保的聲音。這麼一提才想到，我最近才剛夢到她。在常夢到我殺害姊姊的夢境系列中，她突然客串演出。

「啊，是哦？」

我一時做出憨傻的回答。畠山志保繞到我對面，伸手扶向我手中箱子的另一側。動作無比流暢自然。畠山志保和我一起搬運這個沉重的紙箱，還小小聲地發出「一、二」的吆喝聲。

使勁抬起紙箱後，我們兩人臉部之間的距離就此縮短。抬起視線一看，發現她國中時額頭上冒個不停的青春痘已經不見了。這紙箱裡不知道裝了什麼，重得要命，我一時有點失去平衡。我們將它擺向倉庫角落後，停下來喘口氣。

「謝謝妳。」

面對我的道謝，畠山志保回我一笑。她沒多說什麼，旋即轉身混進開始搬運球門立柱的渚她們之中。她與四班那些捲起衣袖的女生當中的一人說了些話，輕聲笑了起來。感覺很自然。她不顯一絲緊張。緊張的人是我。

結束各項準備後，大家圍成一圈展開傳球練習。我果然還是不擅長踢球，我傳的球以意想不到的速度飛向不是我要的方向，畠山志保和我踢得一樣爛。踢了五分鐘後，大家便注意到這件事，渚毫不客氣的大聲說道：「這兩個人是罩門。」我很坦然地應道：「我本來就不擅長。」畠山志保則是一臉歉疚地苦笑道：「我好像也不擅長。」那名捲起衣袖的女生則是笑著說：「畠山同學當守門員好了。」

不論是在準備、傳球練習，還是之後的練習賽，畠山志保都很自然地對我保持「之前同班，曾經講過話，現在則是不同班的同屆學生」的一種距離感，很親切地待我，我對此感到不知所措，不懂自己是否該就此順勢承受她的好意。因為我明明就是「嚴重霸凌過畠山志保的那個人的妹妹」，如果她瞪我、不理睬我，那還比較容易理解。

不過，看到現在的畠山志保，我明白一件事，她似乎不會刻意浪費力氣來瞪我，或是不理睬我。她已經不是當初被姊姊霸凌的那個國二生了。膚質不好的問題已改善很多，雖然說話含糊不清的毛病還是沒改，但說話口吻似乎已變得成熟、流暢許多。在她現在的班級裡，似乎也和大家處得不錯，一定是因為他們四班裡頭沒有像姊姊那樣的壞人。與其不惜打亂現場的和平，也要狠狠地瞪我，給我特殊待遇，跟我翻舊帳，還不如當我是個普通的熟人，輕鬆化解。畠山志保能作出這樣的判斷，足見她有多成熟。也許她心裡其實很想譴責我，把我當作那個臭女人的臭妹妹，給我難看，但她強忍了下來。還是說，這一切都只是我個人意識造成的妄想，對身為她妹妹的我，畠山志保原本就沒放在心上。當初她教我起司蛋糕食譜時的對話，難道就只有我還記得嗎？

「麻友要做傳球練習，繪莉則是做跑步練習。」

練習結束後，渚向我們下達指示。我心裡想，沒參加社團的我，要去哪練習啊，但今天一直繃緊神經，我已疲憊不堪，於是我隨口回了一句「ＯＫ」。收拾完畢解散後，從體育館返回校舍，行經遊廊時，我看見操場上一群和我們一樣上完體育課離去的男生。我照著平時的習慣，找尋阿佳的身影。一下子就看到他駝背的身影，但就算看到他，我也沒特別高興。我現在只覺得又累又睏。

回家時，我剛坐向電車的座位，姊姊便朝我呼喊：「我們一起回家吧。」她粉紅色的柔唇如此說道。我既不驚訝，也不害怕，很坦然地接受她的存在，朝她點頭。電車門關上時，粉紅色的櫻花花瓣隨風飄進車廂內，在坐我隔壁的姊姊腳下舞動。

「真難得，竟然會和姊姊同一個時間回家。」

姊姊參加英語社，總是比沒參加社團的我晚回家。沒有社團的日子，她幾乎都和朋友或男友一同玩樂。不知已有多久沒和姊姊一起回家了。

「我已經退社了，因為覺得很無聊。」

姊姊以輕鬆的口吻說道，並補上一句「那裡水準太低了」。退出社團後，現在姊姊可能連朋友和男友都沒了。我斜眼偷瞄她，發現她微微嘟起嘴巴，表情有點孩子氣。

「既然難得有這個機會，要不要去哪裡逛逛？」

連我都對自己的提案感到驚訝。我有多久沒主動向姊姊邀約了？

「好啊。既然這樣，我想去那裡。」

目的地向來都是由姊姊決定。姊姊提到的，是與學校這一站隔了數站遠，最近才剛落成的購物商場。我回答「好哦」，昔日某個星期六的記憶浮現腦海。那是我們一起去購物的化妝品店，姊姊當時想偷店裡的護唇膏。在那金壁碧輝煌、氣氛歡樂，擺滿許多漂亮東西的購物商場裡，姊姊也許又會一時興起，想順手牽羊。到時候為了避免惹她不高興，我又得精神緊繃地阻止她。不，這可難說。也許我已經不需要如此精神緊繃了。因為姊姊現在根本就沒那麼可怕吧？她只是個大我不到一歲的姊姊。不管她再怎麼不高興，只要我別理她，不就沒事了嗎？而且，雖然這或許是我自己一廂情願的想法，不過現在我說的話，姊姊可能聽得進去。既然現在她變得孤零零一人，能仰賴的人只有一個，她或許就會肯聽我的話吧。我可以對她說，偷東西是不對的、妳不該做這種惹人厭的事、不可以拿石頭丟人。搞不好我可以改變姊姊。

我們坐著電車，來到那金光閃閃的全新大樓。在強烈燈光照明下的入口處，傳來以快嘴唱著英文歌的快節奏背景音樂，挑空的大樓中心，布置了五顏六色的氣球。由於剛開幕不久，每一層樓都人山人海。

姊姊隨興地逛每一家店，我跟在她後頭走。每次姊姊拿起某樣商品，我就繃緊神經。我要阻止姊姊偷竊，讓她洗心革面，今天一定就是個好機會。但姊姊遲遲沒犯案。來到不知道第幾家店，我們兩人一起出錢買下一根薄荷藍的指甲油。雖然說想買的人是姊姊，但我也中意這個顏色，所以我不會覺得不滿。一次很普通的愉悅購物。

「上面是什麼啊？」

我們從底下的樓層開始逛，正在逛一家將六樓隔間打通的雜貨舖時，姊姊突然停下腳步。她手指著剛才我們坐上這一樓的手扶梯。通往七樓的手扶梯停止運作，入口處還掛上黑色鏈條。走近一看，上面掛著一個牌子，上頭寫道「準備中 禁止進入」。

「上面的樓層還沒營業。」

「我想去看看，走嘛。」

「咦，不不不，不行吧。」

「樓梯在哪兒？」

姊姊完全無視我的制止，東張西望，邁步向前走去。我們馬上就找到了逃生梯的指引標示。姊姊馬上朝那裡走去，步履毫不遲疑，我則是跟在她身後，一直叨念著「這樣不好吧」。來到位於賣場死角的逃生梯樓梯間，姊姊朝這個樓層望了一眼，接著以很自然的動作通過「準備中」的鏈條。

「妳不能這樣啦。」

「為什麼不行？就只是看一下嘛。」

「上面不是寫了嗎，禁止進入。」

「不是跟妳說了嗎，我就只是看一下。」

「不行啦。」

「要是被發現，我會好好道歉的。」

「不行。」

這種憨傻的制止一再反覆。我原本已作好心理準備，要告訴她不能偷東西。但我萬萬沒想到，現在竟然是要制止她做這種像小學生般愚蠢的惡作劇。如果是小學生的話，或許只會被當作是惡作劇，但我們這樣可是非法入侵啊。

「麻友，妳可以不用跟沒關係。」

姊姊背對我，開始走上樓梯。她每走一階，柔順的頭髮就會左右擺動。當她在樓梯間轉頭望時，臉上還莞爾一笑。她認為我會跟著她走。

如果是小時候的我，肯定會這麼做。不管什麼時候，我都害怕姊姊扔下我。因為姊姊是我世界裡的老大，是我世界裡的中心，我害怕她當我是個毫無價值的存在，輕易將我割捨。

「真是的……」

我低語一聲，越過鏈條。不，這並非表示我跟小時候一樣，沒有成長，而是我現在得監視好她才行。

姊姊見我跟上，露出滿意的笑容，而我始終板著臉孔。我心想，要是馬上就被人發現，而被趕出這裡，那就好了，但我們抵達七樓時，完全感覺不出有人。

牆壁和天花板覆蓋了白色的塑膠布。地板上貼了絕緣貼布，不知是用來當什麼記號。可能是接下來預定要進駐的出租隔間，到處都是從天花板垂掛下來的半透明塑膠布，無法看透遠處。一走出樓梯間，一旁便零亂地堆放了壓扁的紙箱和垃圾袋，我因此想起校慶前一天教室裡零亂的場景。不過，這裡的膠帶和塑膠布一律都是白色，欠缺色彩。

「一團亂。還在準備中。」
「所以牌子上才寫著『禁止進入』啊。」
「本以為會有更多店面呢。」
「的確。和樓下差很大……」
「這裡空無一人呢。」
姊姊從塑膠布中間穿過，位於中央的手扶梯四周，立著白色的隔板，與這個樓層完全隔離。儘管如此，底下樓層的熱鬧還是透過空氣傳來，反而更突顯出這個樓層的死寂。貼有膠帶的地板，我們的腳步聲幾乎完全被吸收。姊姊似乎完全不怕被人看見，或是撞見別人，昂首闊步地往前走，隨興掀起身邊的塑膠布。我心裡想，妳快點玩膩吧，然後對我說「我們回去吧」。不過坦白說，我心裡也有點雀躍。完工前的店內情況，可不是想看就看得到的。有種做壞事的刺激感，而且這種事並不會傷害任何人。
「麻友。」
姊姊邊走邊說道。為了避免踩到散落一地的紙箱，我一邊看旁邊，一邊應道：「什麼事？」
「妳喜歡我嗎？」
我抬起臉。不知何時，姊姊的背影離我好遠。雖然清楚傳來她的聲音。姊姊那銀鈴般的聲音無比清晰。那遠去的背影前方，是一面牆壁。電梯門敞開著。

我覺得不太對勁，定睛凝視。敞開的電梯內部，那昏暗的空洞內，可以看到裸露的水泥，以及垂落的纜線。

「咦，那是……」

「啊，這什麼啊，好危險。」

姊姊也發現同樣的東西。敞開的電梯口。裡頭沒有電梯廂。也許是停在其他樓層。顯示樓層數的面板沒亮燈，似乎沒通電。總之，要是掉落的話，確實很危險。

「等一下。」

我加快腳步想追上姊姊。姊姊則是直直的朝電梯走去，很快便來到電梯口外緣。她右手貼在牆上，往對面張望。真的很危險。

「什麼都看不到，好暗。」

「這樣很危險耶。我們下去啦。」

「丟個東西下去試試。」

「別這樣。」

我明明不是用跑的，心臟卻跳得又快又急，感覺有點呼吸困難。我已來到姊姊身後兩公尺的距離。一直反覆說著「這樣很危險」。

「要是掉下去，肯定會沒命吧。」

姊姊就像在慫恿我似的，笑著說道。我望向自己雙手。心想，這樣會留下指紋。

「我們下樓去吧。」

「麻友，妳怕高嗎？」

「才不是怕高呢。是這種地方很危險吧。」

我一面說，一面將視線移向天花板。覆滿塑膠布的白色天花板，沒有監視器。我向前邁出一步。姊姊此時仍向前挺出身子，往下俯瞰那黑洞底端。

危險。真的掉下去怎麼辦。雖然我是真的這麼想，但我的呼吸卻很平靜。不久，姊姊身體往後退。同時鬆開貼在牆上的右手，轉過身來。

「妳以為我會掉下去嗎？」

她臉上綻放笑容，她認為自己不可能會掉下去。我向前跨出一步，朝她肚子用力一踢。

發出咚的一聲。聽起來像是從我踢中的肚子傳來，也像是從她口中發出。姊姊的身體彎折，往電梯的黑洞中倒落。她雙手朝空中搔抓，一時間差點握住垂落的纜線。我心裡默念「別抓」。似乎是我的想法成功傳達了，姊姊的指尖就差那麼一點，沒能握住纜線，順著我那一腳的勁道墜落。她拋飛的雙腳，最後踢向半空。一切就這樣結束。

從黑洞底下傳來砰的一聲巨響。我向後退一步，豎耳細聽，但之後什麼也聽不到。沒有叫喊聲，什麼也沒有。我猜姊姊是死了。我殺了姊姊。我就這樣醒來，獨自坐在夕陽從窗外射進的電車內。

我多坐了七站，折返時花了不少時間，但回到家中，屋裡卻空無一人。我以沙啞的聲音喚道「我回來了」，聲音消失在昏暗的走廊上。走進早晨的空氣依舊滯留不散的客廳後，頓感全身沉重，我身上制服沒換，整個人深深陷進沙發中。既沒開燈，也沒將變縐的裙子拉平。感覺自己的內臟和一部分大腦仍處在深沉的睡眠中，這些瑣細的小事只會讓人覺得煩。

我茫然地望著從敞開的窗簾可以看見的庭院。雖然已日落西山，但室外還是比室內明亮。

小時候我曾夢到家人全都喪命。

醒來後，我放聲大哭。雖然夢裡的內容令人悲傷，但我更怕的是，如果做了這麼可怕的夢，它就此成為現實的話，那該怎麼辦。因為做了這麼不吉利的夢，害得家人全部喪命。我從床上彈跳而起，往下衝向一樓，一看到人在窗外朝花草澆水的母親，便打著赤腳來到庭院。我緊緊抱住母親的肚子，說出我做的夢。姊姊被某個擁有利爪的大怪物襲擊，爸媽為了保護姊姊，都被怪物殺了。我獨自在遠處目睹這一幕。

母親用那帶有泥土氣味的手輕撫我的頭，向我安慰道「很可怕對吧」。過了一會兒，等我不再哭了，母親這才蹲下身望著我的雙眼，莞爾一笑。她說：「不過，根本沒什麼好怕的。」

「夢到有人死，那個人的壽命反而會變長哦。」

母親以平穩的口吻說道，就像在說什麼理所當然的道理似的。所以麻友，妳是在幫大家延長壽命。謝謝妳，託妳的福，這下我們都能變長壽了，真是太好了。

當時我年幼的心靈感到納悶，真有這種機制嗎？不過，我還是決定相信母親說的話。因為我想擺脫自己眼睜睜看著家人被怪物襲擊而死的罪惡感。母親不是個迷信或相信占卜的人，當時她之所以突然搬出這種神秘的解夢說法，應該是為了安慰嚇壞了的可憐孩子，所捏造的善意謊言吧。

雖然我作這樣的解釋，但現在每當我夢見有人死去，醒來後感到悲傷、心情沉重時，就會搬出母親的解夢說法，心想「這個人會因此延年益壽，沒事的」，就此心情平靜下來。因為我明白，根本沒必要對無法成真的夢境抱持罪惡感。

因此，剛才在電車裡打盹時，夢到自己殺死了姊姊，我一點都不會感到內疚。面對朝我露出笑容，毫無防備的姊姊，我一腳踢向她腹部，讓她朝電梯的黑洞墜落，要了她的性命，我對此毫不在意。雖然踢向她腹部的瞬間發出咚的一聲，以及從黑洞底端傳來砰的一聲，這聲響仍在我耳內迴盪，但那不過是我腦中創造出的虛幻聲音罷了。現實中的空氣沒半點震動，沒對任何事產生影響，也無須作任何解釋。

我只是覺得百思不解。我為什麼殺死姊姊？

在夢裡，我一點都不怕姊姊。噩夢的一開始，我和姊姊一起回家，還有那都已經過了花季的櫻花花瓣，我全都坦然接受。對了，原本我在不知不覺間還產生正向的想法，認為姊姊的壞，現在或許有辦法矯正。如今的姊姊孤零零一人，變得很弱小，不再危險。在善良的同學展現的正義下，一個遭到排擠的可憐女人。我明明是這樣理解，卻還是殺了姊姊。這是為什麼？我是為了什麼目的殺了姊姊？

難道……

難道說，我之所以想殺姊姊，不是為了這世界，也不是為了周遭人，就只是因為我討厭姊姊？不是因為姊姊是壞人，與今後姊姊會不會傷害別人無關，就只是因為很討厭她，到殺之而後快的地步？

玄關傳來開門聲。「我回來了！」緊接著是那開朗的聲音。零亂的腳步聲傳來，客廳的門開啟。電燈陡然亮起。

「我回來了。妳怎麼啦？也不開燈。麻友好陰沉啊。」

燦笑如花的姊姊，看起來心情愉悅。我有不祥的預感。

5

有紗曾是我的摯友。

她國一和我同班。當時她剛好坐我隔壁，和我聊了幾句。光是這樣，我便知道我能和她成為好朋友。並不是曾發生過什麼特別的小故事。她的表情、說話方式、說話速度、喜歡的笑話和我一樣。比我以前遇過的任何朋友都還要契合。我很驚訝，世上竟然有能和自己這麼合得來的外人。她遠比我任何朋友、任何人，甚至是姊姊，都更能與我有深層的理解，是獨一無二的存在。

休息時間，有紗常坐在教室的窗框上，腳伸向陽臺。我則是來到陽臺上，背倚著扶手，和她聊天，任憑太陽曬得我後頸發燙。言不及義地聊著連小故事都算不上的話題。我認為她和那些每年都會更換，就只是一起在同一個班共度的朋友不一樣，我得到一位真正的朋友。

我想，有紗應該也有同感。升學、參加大考、想從事何種工作、想和怎樣的人結婚，在聊到未來的話題時，我們都是以兩個人可以一起參與為前提。有紗當時很堅持地說，我單戀的男生要是日後與我結婚，她要在婚禮上致辭。雖然我不相信自己未來會和那個男生結婚，但我相信日後在我的重要儀式上，有紗會為我致辭。

因為我們是摯友，所以無話不談。

甚至談到姊姊的事。

有紗討厭姊姊，說她是世上最差勁的女人，還跟我說，妳高中絕對要和妳姊姊念不同的高中，最好打工存錢，等上大學後開始自己搬出去住。我當時應該是回答她，說得對，沒錯。

和有紗在一起時，我很自然地想像自己擺脫姊姊獨自生活的未來。我很明白，沒必要為了擺脫姊姊而殺了她。

有紗有很強烈的正義感，討厭心術不正的事，總是能很坦率地清楚說出自己的想法。

她像男生一樣剪了一頭短髮，眼睛細長，給人一種犀利感，豐厚的嘴唇常展露歡笑。不論是內在還是外在，都是與姊姊完全相反的類型，而且當時的有紗在班上算是數一數二的胖妹。

她是我無話不談的摯友、世上最了解我的人，但我不知道有紗如此在意自己的外貌。

妳心情真好啊，我說。

姊姊的紅唇猛然上揚，回答：「是嗎？」

雖然輕盈，卻又重重發出粗線條的腳步聲，姊姊就這樣踩著絕妙的步伐，橫越客廳。我之前才在夢裡看到這個背影。從垂落的半透明塑膠布間穿過的纖細背影。現實世界裡的姊姊，頭髮稍微長一些。

「遇上什麼好事嗎？」

我以還沒完全清醒的腦袋詢問。雖然我心想，要是我沒開口問就好了，但姊姊一直展現出很希望我問的姿態，我因此開口詢問，說出她希望我說的話。我並非有什麼特別的想法才這麼做，這是我從小便養成的習慣，不用細想，便搶著討姊姊歡心。我體內形成這樣一種反射性的線路。

「我和阿翔一起回來。」

從廚房返回的姊姊，手裡拿著一根草莓冰棒。之前我吃的時候，她還嫌難吃，現在卻吃得一臉香甜。

「阿翔？」

記得是姊姊的學長男友。不，可是我一直以為他是死了還是怎麼了，就此消失，姊姊的對象改為同班一位棒球社的男生。

「對。姊姊現在被班上一群壞學生欺負，所以我找他商量。」

「啥？」

「我被人霸凌，很可憐對吧？心情很煩，都快哭了。」

「咦？不會吧？」

姊姊噘起嘴應道：「是真的。」

「感覺我說的話，他們全都很有意見。」

「咦，但那是因為……」

「結果阿翔很替我擔心，我因此感受到他的愛意。」

姊姊呵呵輕笑，露出嬌羞之態，又咬了一口冰棒。不對，我想聽的不是這個。

「等等，到底是誰？是誰欺負妳？」

「像是吉澤那個醜女。」

是杏奈說的那個聽姊姊口出惡言，因而生氣的女孩。聽說正義感強，為人又正直，她見姊姊出言揶揄小西同學的外表，大為生氣。這全是姊姊的錯。不，我當然沒親眼目睹現場的情形，所以無法判斷究竟是誰對誰錯。不過，從杏奈的說法和姊姊的解釋來看，我百分之百相信杏奈。基於我這十六年的人生經驗來看，吉澤同學沒錯。

「這是……為什麼？那個女生為什麼要那樣說呢？」

姊姊是個不會認錯的人。但不管怎樣，像這麼簡單明瞭的過錯，我希望她至少可以承認。講話太過分的人是姊姊，吉澤同學只是出言提醒而已。這樣就說成是「霸凌」，未免也太過火了吧。

「誰知道。八成是出於嫉妒吧？因為姊姊長得可愛，所以常引來嫉～妒。」

姊姊就像在唱歌似的，把聲音拉長，接著拿起擺在桌上的遙控器，打開電視。綜藝節目喧鬧的笑聲傳出來。

「不，可是總有理由吧。」

「麻友，霸凌別人才沒有理由呢。說來真是悲哀。」

姊姊望著電視畫面這樣說道，狀甚悲戚的眉尾下垂，我望著她的側臉，心想——這傢伙是說真的嗎？

姊姊想佯裝成可憐的被害人，明知自己有錯，吉澤才對，卻還刻意扯謊說「我被霸凌」？還是說，她是真的打從心底相信自己沒錯，認為自己就只因為長得可愛，被醜女嫉妒，所以才會遭受這種不合理的霸凌。

哈哈哈，姊姊笑了。

聽到她那發自內心享受電視節目的笑聲，望著她的側臉，我頓時明白了。姊姊大概什麼也沒想。

說別人壞話，純粹只是因為她喜歡；她討厭挨罵，所以生氣；因為別人害她心情不好，所以自己成了被害者。就像這樣，世界始終以她為中心在運轉，她根本沒想過誰對誰錯。什麼都不去想的姊姊，永遠學不乖，換句話說，她也不會因為在班上開始被孤立，因而了解別人的痛苦，或是反省自己的惡，完全不會有任何成長。

幾個小時前，我還抱持一絲期待，以為現在或許能矯正姊姊的劣根性，但現在我只覺得自己真是笨得可以。才看了一下電視，姊姊似乎就膩了，開始玩起手機。

「不過，阿翔說他會幫我想辦法。」

「咦？」

「可以感覺到他對我的愛對吧。」

「咦，什麼，想辦法是什麼意思？」

「我不知道，不過，阿翔是個很可怕的人。」

「可怕的人？」

我像個笨蛋似的，一再重複同樣的話。可怕的人。可怕的人是什麼意思？可怕……有很多種形態。世上有各種可怕的人。我覺得姊姊也很可怕，小時候在公園裡抓住我的手臂，被姊姊霸凌的阿翔他母親，也很可怕。是那種可怕嗎？

「怎樣的可怕法？」

我問。

「嗯？阿翔的哥哥或爸爸，好像也很可怕。」

所以我才問是怎樣的可怕法。我又沒問阿翔有哪些親人也很可怕。

「是怎樣可怕？而那可怕的人說要想辦法，是什麼意思？」

我強忍心中的煩躁，如此詢問。

姊姊就像在煽動我似的，偏著頭應了聲：「不清楚耶。」

「雖然不清楚，但他可能會幫我教訓吉澤一頓。」

「教訓？什麼意思？他打算做什麼？」

「我哪知道。如果能幫我殺了她，我會很高興的，不過，我當然是不能抱持這樣的期待吧。」

姊姊偏著頭，鼓起腮幫子，毫無意義的表情。看不出她幾分是真，幾分是假。阿翔真的是這種反社會的可怕人物嗎？幫我殺了她？有這麼一丁點可能性嗎？不是比喻嗎？說什麼殺人，怪嚇人的。好可怕呀。

為了吉澤同學的人身安全，我應該先殺了姊姊才對。我心中湧現這股義務感。或者應該說，我該抱持這樣的義務感，這個想法浮現我腦中。

不過，我不久前才在夢裡費了九牛二虎之力殺了姊姊，現在又非得做同樣的事不可嗎？此刻我有點累了……而且，就算我收拾了姊姊，可怕的阿翔現在打算動手，或許已經阻止不了他，若真是這樣，我不就也得連同阿翔一起殺？身為姊姊的妹妹，我有責任得做到這個地步嗎？妹妹該負起的責任，會涉及姊姊周遭的人嗎？

應該不至於吧？

我果然是累了，所以我暫時停止思考，闔上眼睛。直接就這樣躺向沙發，旋即一股睡意來襲，明明才在電車裡睡過覺啊。在我緊閉的眼皮裡，我看到了從沒見過的阿翔，殺害和他一樣沒有五官的吉澤同學。

「這樣裙子會縐掉哦，麻友。」我聽到地獄底端傳來一個甜美的聲音。

我猶豫該不該和吉澤同學接觸。

我在想，或許該先給她個忠告比較好。就說，我姊姊對妳懷恨在心，好像打算叫她可怕的男友殺了妳，所以妳要多加小心。不過，突然劈頭就說這種話，她一定很傷腦筋，而且會覺得這是一種威脅。姊姊隨口說出的消息，有幾分該當真，連我自己也不清楚，就這樣將消息散播出去好嗎？

「妳怎麼了？」

「咦？」

「妳眉頭深鎖呢。」

阿佳偏著頭，緊盯著我的臉瞧。他確實是個觀察敏銳、懂得關心別人的男生。

「哦……嗯。不管怎麼做，這球我就是踢不直。」

「哦～原來是在煩惱足球的事啊。」

阿佳呵呵輕笑，頻頻點頭。

在阿佳面前皺眉，還有對他說謊，是以前的我絕對不會做的事。但現在的我已處之泰然。心裡一點也不難過。

「妳不用想太多，身體放鬆，把全身的力氣放掉。試著放鬆心情去踢就行了。」

不過，看阿佳這麼溫柔、親切，而且一臉認真地提供我建議，我略感歉疚。但我明白，就算我告訴他實情，也沒有意義，只是浪費時間罷了。他只會說一些令人無法反駁的好話，例如相信自己家人很重要，或是只要敞開心胸把話說清楚，就能互相體諒，聽了只會讓我更加煩躁，心情變得沉重。應該說，此刻他實際提出的建議，聽在對球技一竅不通的人耳裡，只會很傻眼，覺得他實在太搞不清楚狀況了。如果身體放鬆就能直直地把球踢出，那我就不用這麼辛苦了。我說「不管怎麼做，就是踢不好」，意思是我真的用盡辦法也做不到，世上有些事確實不管再怎麼努力，還是無法改變。阿佳想用他的溫柔來切割這樣的事實，他是有能力辦到的人，是天之驕子。

我不想這樣解釋，把「少囉嗦，做不到的人就是做不到」這句話嚥回肚裡，就只回了他一句「說得也是」。

阿佳還說「離大會還有一個星期，我們一起加油吧」。是是是。

最後，對於姊姊和阿翔的威脅該如何處理，別說作出具體的處置了，我就連大致的方針也決定不了，就這樣又過了幾天。每次與杏奈碰面，我都會若無其事地打聽姊姊在教室裡的情形，以及吉澤的近況，不過姊姊似乎和平時沒什麼兩樣，都很有精神的到校上課。

每次從杏奈那裡確認過吉澤還活著，我就會鬆一口氣，然後順應這份安心感，什麼也不做，繼續拖延下去。總之，目前好像還好，那就再說吧——就像這樣。不過，就在這樣散漫的一再拖延的情況下，我發現一件事。我之所以能這麼散漫，或許是因為我抱持著一種不負責任的心態，心想，如果加害吉澤的人是阿翔，姊姊不會被問罪的話，不管吉澤變成怎樣，都不會威脅到我的生活。

也許我根本不在乎吉澤的事。

在夢裡，我殺死了姊姊。那不是為了守護世界，就只是順著自己的殺意而殺了她。

我一直在想，為什麼我會殺了姊姊呢？一再回想那個夢境，細細思索。但我覺得，在我踢向姊姊的那個瞬間，對姊姊並沒有特別討厭或是憎恨的情感。不過，我有種為了自己而做的感覺。我深信為了自己好，這麼做是最好的決定。感覺當時的姊姊對這世界已經無害，但我卻還是想殺她，搞不懂為什麼我會覺得這樣是為自己好。

總之，我明明為了自己而殺死姊姊，卻不想為出言訓斥姊姊的吉澤認真展開行動。雖然我心裡期望吉澤能平安無事，但隨著日子一天一天過去，「一定什麼事都不會發生」的這種樂觀念頭也愈來愈強烈。

「傳得漂亮！」

我傳出軟弱無力的一球，渚接到後，朗聲喊道。「傳得漂亮」，我人生中第一次有人對我這樣說。自從開始意識到踢球時要放輕鬆後，與之前相比，我腳下的足球已能直直往前飛。

「不錯哦，麻友。進步不少嘛。」

這都是拜阿佳的建議所賜，不過實在不太想承認。之前我才嘲笑他的建議真是愚不可及，派不上用場，此時我暗自在心裡向他道歉。

「真好，麻友一直受到誇獎。」

一旁的繪莉蹙起眉頭，顯得很不甘心。

「重點在於別想太多。」

我馬上借用阿佳的話，現學現賣。

球賽大會在即，體育課的後半段時間都用來練習。渚再度顯得幹勁十足，馬上與一同上課的五班展開練習賽。說到體感，也許我們還贏過五班。她們這支球隊，主要成員全是意興闌珊的女生，看起來毫無鬥志。

「麻友，我在想哦……」

繪莉展眼舒眉，面露微笑。

「妳在球賽大會上說，挺合適的。」

「說？說什麼？」

「對阿佳啊。」

「嗯。」

「說出妳對他的愛意啊。」

「哦。」

繪莉一直注意周遭，像在講悄悄話般朝我使眼色，我這才明白她的意思。她要我在球賽大會那天告白。

「說得也是。」

「這點子不錯吧，很棒對吧？球賽大會雖然有點土，但是對你們來說，那是你們兩人一起努力準備的活動啊。是兩人共同的回憶。」

繪莉心情愉悅，靜靜地搖晃著肩膀。看繪莉好像很開心，真是太好了。但我同時也覺得，自己也差不多該告訴她實話了。就選在球賽大會那天向繪莉坦白一切吧，就說，我發現阿佳只能是朋友。

下課鈴響。

今天的練習賽真快樂，都多虧我能直直把球踢出去，這都是阿佳的功勞。真正的好人，能對周遭人帶來正確且正面的影響，讓人變得幸福。如果不能變得幸福，想必問題就出在接受這種正面影響的自己身上。

「麻友，我問妳哦。」

收拾完畢，在返回教室的走廊上，繪莉像是突然想到什麼似的，如此說道。

「下午有現代國文課。」

「嗯？哦。」

「我的課本借給妳姊姊後，她一直沒還我吧。我想到一班去拿回來，妳跟我一起去好嗎？因為有點不好意思，我一直不敢自己去。」

「咦！那傢伙還沒還妳嗎？」

我不自主地稱呼姊姊「那傢伙」。繪莉先是回了一句「妳竟然說那傢伙」，覺得有趣，笑了起來。

「真好，感覺妳們姊妹感情不錯呢。而且又念同屆，真羨慕。」

「不，抱歉，我都不知道這件事。我以為她早還妳了。」

「不，沒關係啦。在這之前我也都沒用到，所以連我自己也忘了。」

借東西不還，姊姊就是這種人，連我也不小心忘了。

姊姊的這方面真的很惹人厭。她無來由地對別人抱持惡意，這種個性當然也很難搞，不過，在類似這樣的小事情上，她完全沒半點誠意，沒把人放在眼裡，這點也很惹人嫌。之前她向繪莉借課本時，還說「我馬上就還妳」。她肯定說過。繪莉對此一笑置之，沒和她計較，如果當這是只發生一次的小插曲來看，或許會覺得沒什麼大不了，但想到這就是姊姊始終如一的個性，就覺得深惡痛絕，不堪其擾。

「等換好衣服，我去幫妳拿書回來。」

「咦，不用啦，我們一起去。」

「不，沒關係。因為是我姊姊的疏忽，我去拿回來。」

我不希望再次讓繪莉和姊姊見面。繪莉雖然笑著說「說疏忽也太誇張了吧」，但還是點頭說「那就拜託妳了」。

即使胸罩整個外露，我也無暇理會，火速換好衣服後，我來到走廊。午休時刻的走廊洋溢著一股解放感，在各處聚集的學生們個個看起來一臉幸福。感覺就只有我一個人覺得很厭煩。休息時間專程到姊姊的教室去，這還是第一次。

我快步穿過喧鬧的走廊，路過幾間教室。趕快拿完東西就走吧，我心裡這麼想。不過，當一班的教室門映入我眼中時，某個畫面突然浮現我腦海。雜亂的課桌、午休時間歡樂活躍的同學們。獨自孤零零坐在正中央的課桌椅上，低著頭的姊姊。

在班上被孤立，一副可憐樣的姊姊。

活該——我心裡這麼想。自作自受，害自己變得這般孤獨，卻仍沒一絲反省，還反過來怨恨對方，想利用男友來攻擊對方的姊姊。不管她落得什麼下場，我都不會同情她。但不知為何，我不想看到姊姊那副可憐樣。

我邁出的步伐變小。很不想去姊姊班上，但我得去拿回繪莉的課本。正當我為此躊躇時，正好有個從一班的教室門走出的人影，發出「啊」的一聲驚呼。

「這不是倉石同學嗎？」

「啊。」

高梨同學——我應道。

從短袖露出黝黑手臂。明明還在六月，他的右手卻拿著一把手持電風扇，一副夏日風情提早到的樣子。高梨也是一班的人。

「在這裡看到妳，真是難得。有事找山本（山本杏奈）嗎？要我叫她嗎？」

「啊，不是。」

「不過，山本應該是去福利社吧。因為她每到午休時間，總會往外衝，看不見人影。我們學校的福利社又不是很搶手，不必用跑的，應該也買得到才對啊。」

「嗯……不過，我今天不是來找杏奈的。不好意思，可以幫我叫倉石凜嗎？」

「咦？」

高梨一時為之一愣，似乎覺得很不可思議。不過他馬上睜大眼睛，大喊一聲：

「啊！」

「對哦，我都忘了，妳們是姊妹，我都忘了。因為妳們兩人型差太多了，一時連不起來。倉石同學是妳姊姊對吧。哎呀，妳們兩位都姓倉石啊。」

在我們身旁來去的學生們，目光都被高梨的大嗓門給吸引過來。瞞了一年、我們是姊妹的這個秘密，就這麼傳開了。

「嗯，所以……」

你快去幫我叫她啦——我話還沒說完，高梨已轉身朝教室大聲叫喚。

「喂～倉石同學！妳妹妹來囉！」

我朝他的白襯衫衣角用力拉扯。

「高梨同學，這樣很丟臉耶，太大聲了。」

「咦！會嗎？」

有個和高梨差不多音量的聲音從教室裡回應，一個清亮甜美的聲音。光聽就感到胃部為之一沉。傳來一陣快步跑來的腳步聲後，她旋即現身。

「啊，真的耶，麻友。」

姊姊笑靨如花。

「啊，兩個人站在一起，感覺就有點像。是氣質嗎？不過，如果沒站在一起就不會察覺。」

「咦，高梨同學，你認識我家麻友啊？」

姊姊那天真可愛的臉龐朝向高梨，微微偏著頭，凝視著他的雙眼。姊姊很清楚，在她那有長睫毛鑲邊的大眼注視下會有什麼效果。高梨馬上害羞起來。

「啊，嗯。我們都是球賽大會的執行委員。」

「咦，真好。早知道高梨同學和麻友都是，我也想當執行委員。」

姊姊盯著高梨，噘起小嘴。高梨似乎不知該如何回答，只能無意義的「哈哈哈」傻笑。

「姊，繪莉的課本在妳那兒吧。她今天要用。」

「繪莉？誰啊？」

「我們班的同學，上禮拜不是借妳現代國文課本嗎？」

「哦！那位可愛的女生是吧。」

「可愛」這句誇獎，從姊姊口中說出，感覺是單方面很沒禮貌的判定，聽了不舒服。但我就只是回她一句「對，就是她」。

「妳等我一下哦，大概有。」

姊姊的短裙翻飛，輕盈的轉身，再度發出急促的腳步聲，回到教室。不過，她說「大概有」，這可教人傷腦筋了。借給姊姊的東西被她搞丟或弄壞的許多回憶，從我腦海中掠過。

「妳們感情真好。」

「咦，嗯。是啊。」

高梨以不具其他含意的爽朗笑容，對我們姊妹作出這樣的評語。不知道他是怎麼看在班上遭到孤立的姊姊。像他這樣的男生，似乎對班上人際關係的紛擾無感，也不知道這樣算是聰明，還是遲鈍。

姊姊很快便回來。看到她手中牢牢拿著那本粉紅色的課本，我鬆了口氣。「來，給妳。」姊姊的口吻，就像現在要借這本課本給我似的。雖然這是枝微末節的小事，但還是讓人感到不悅。

「嗯，那我走了。」

「咦，妳要回去啦？」

「嗯。我還沒吃午飯呢。」

「這樣我很孤單耶。你看，我妹妹很無情對吧？」

我後退一步，對她說「回家見」，但姊姊完全沒看我。她再度偏著頭，望向高梨的眼睛。高梨又臉紅了。

我轉身背對他們兩人，邁步離去。雖然覺得受夠了姊姊，不過，最後我並未看到一班教室裡的情況，就此鬆了口氣。光是看到姊姊無意義的逗弄高梨，讓他臉紅，以此為樂的模樣，我便明白，孤零零一人落寞低著頭的姊姊根本就不存在。

另外還有一件事。沒看到吉澤的臉，我也鬆了口氣。我不想知道她的長相。只要不知道她的長相，我就能閉上眼，對自己什麼都沒為她做裝不知道，繼續過我悠哉的日子。

悠哉的日子轉眼即過。

舉辦活動這天，我比平時都還要早起。我從小就這樣。

今天早上我同樣殺了姊姊。今天是將人活活打死的版本，所以不是說了嗎，這種會讓人看出是謀殺的做法行不通的！我在氣憤中醒來。夢境的餘韻令我感到煩躁，我拉開窗簾一看，天空仍舊昏暗，以手機察看現在時間，得知我比平時還要早起。我想到今天是球賽大會，大家卯足全力準備的球賽大會。

我馬上走下床，開始換裝準備。結果我比平時提早一個小時出門。走在通往車站的馬路上時，東邊天空仍留有朝霞，尖峰時間前的電車空空蕩蕩。不過，我仍按照平時的習慣，站在固定位置的車門前。窗外有水藍色和粉紅色的透明薄雲飄過。

拜早起之賜，今天早上我完全沒和姊姊打照面。

太好了。今天打從一開始，姊姊就沒進入我的視線範圍內，真是太美好了。

來到平時都會經過的車站，阿佳當然沒上車。當然了，因為就算是執行委員，也沒必要這麼早上學。不過，感覺還真有點寂寞。每天早上能和他一起上學，我似乎還是覺得很開心。雖然始終都只是朋友。

我獨自一人走下電車，爬上通往學校的坡道。我邊走邊向太陽公公祈願，希望今天這場大會可以一切順利，平安落幕。

我實在不知道怎麼會出現這種狀況。但當我回過神來時，我已經在敵人的球門前，足球來到我腳下。

面對首戰的對手四班，我們進攻的主力是渚。渚一直都朝足球所在的位置奔去，繪莉則是步履蹣跚地緊追在她身後。包含我在內的其他成員，感覺只是把空出的空間填滿，表現出參與這場比賽的感覺，同時祈禱球不要傳過來。並不是說我們毫無鬥志，我們採取的作戰策略，就是極力不去妨礙渚的進攻。球場上吹著舒暢的涼風，天空是微亮的陰天，是很適合站著不動或散步的天氣。

因此，當眼前突然傳來一個進攻的機會，我備感焦急。腦袋跟不上眼前發生的狀況，我心想，這球踢出會是好球嗎？

渚對我下達具體的指示。

「麻友！射門啊！」

憑聲音和氣息，可以感覺到敵方從右手邊衝過來搶球。要把敵人搶走的球再搶回來，我可沒這等本事，所以我得趕快趁現在踢球才行。比賽開始還不到三分鐘，戰況零比零。這時候要是進球，或許就能贏，全是拜我之賜。大家一定會很高興的，渚一定也很開心。或許有機會贏！

那一刻，我腦中只想著這件事，就這樣抬起右腳。全身放鬆，放掉緊繃的力氣……根本沒空想到這些，我就只是使勁地全力一踢。

不知為何，球往斜前方飛去。

啊！正當我暗自發出驚呼時，那顆球擊中朝我右手邊逼近的敵人面部。直接朝高空彈去。

一瞬間，血氣從我臉上抽離。

敵人手摀著臉，整個人彎下腰來。周遭響起驚詫的一聲「哇～」

那名往前彎腰的敵人——四班的女生，雙手掩面。從手的縫隙間傳出「嗚」的痛苦呻吟。那聲音……接著我從她那綁得很低的馬尾、長袖運動服、全身給人的感覺，看出她是誰。

我那球砸中的人，是畠山志保。

「沒……」

「沒事吧？」

大家都聚向我們四周。沒事吧？沒事吧？詢問聲迴響著。

我也說了同樣的話。沒事吧？對不起，真的很對不起。這種話說再多也無濟於事，對於眼前的事實，我無比焦急。畠山志保搖搖晃晃地向後退，挺起身。

「我、我沒事。」

「鼻血！」

哇～又是一陣驚呼。她手從臉上移開後，鼻子到嘴巴一帶整片鮮紅。

「快拿面紙來！」

「按住鼻子，臉部朝上。」

「這好像是錯誤做法。因為血會流進喉嚨。」

「我好像聽人說過，要冷卻頸部。」

「如果要冷卻噴霧器的話，我有。」

「不，不要隨便處置，最好還是送保健室。」

等著下一場比賽上場的五班女生，對慌亂的我們這樣說道。畠山志保點著頭，以鼻音說道「嗯……那就這樣吧」。

「我陪妳去。請讓我陪同。」

我馬上提出要求，因為我害這位沒任何罪過的女生流鼻血。全力一球踢中她面門，這股罪惡感令我痛不欲生，坐立難安。

「呃……」

畠山志保望著我，一時流露出像是猶豫般模糊不明的表情。

也許她不喜歡我陪同。因為我是加害者，是我姊姊的妹妹。雖然意識到這點，但我還是對她說「拜託妳」，極力懇求。我覺得自己要是什麼也不做，就只是默默目送她的背影離去，我一定無法承受。

「嗯，那就有勞妳了。不好意思呢，謝謝。」

「不，我才抱歉。真的很對不起。」

我一再地向畠山志保道歉，同時向留下來的其他人說：「各位，抱歉了。可以的話，請繼續比賽。」渚和繪莉都一臉擔心地望著我，我對大家也覺得很抱歉。

我們為了以最短的距離前往保健室，決定從通往校舍東側體育館的走廊進入校內。體育館傳來球的聲響、鞋子在地板上擠壓的聲音、快樂的歡呼聲。

「妳不要緊吧？不，一定很痛。真的很對不起。」

就算道歉也幫不上什麼忙。不過，除了道歉外，我想不到自己還能做什麼，所以我走在畠山志保身邊，一再道歉。

「不，我沒事。就只是鼻血流得比較多而已，應該沒多嚴重。」

「真的很抱歉，都是因為我，明明不擅長，卻還硬要踢球。我當時覺得自己辦得到，還以為自己或許能射門成功，滿腦子想著這種不可能的事。」

「不，因為這是室內五人足球，球一來，只要踢就行了。這是運動項目，所以遇上意外事故也是沒辦法的事。」

「那個，如果妳不高興的話，可以揍我一拳沒關係，真的。」

「咦，不……我真的沒事，不必那麼做。」

筆直的走廊上空無一人，畠山志保的輕聲苦笑傳了開來。整個校舍內到處都看不見人影，體育館和操場的喧鬧聲也離我們好遠。

畠山志保左手按住鼻子。不知道鼻血究竟止住了沒。從她手底下可以看到的嘴巴一帶還有指縫間，紅色的血液已乾。我因罪惡感而感到胸口隱隱作疼。我踢出的那一球，要是擊中我自己的臉就好了。但偏偏是擊中畠山志保。我們姊妹倆都傷害了這個女孩。

姊姊為什麼可以不當一回事呢。面對那幾欲把人胸口壓垮的罪惡感，她是如何淡然處之呢？姊姊非但處之泰然，甚至還在傷害別人時，打從心底感到開心。難道她天生就沒有罪惡感，腦袋裡的某個線路出現bug？除此之外，想不出其他解釋。我不打算說什麼好聽話，不過，無意義地傷害他人，就只會讓自己百般痛苦，難以承受，不是嗎？

「而且……」

畠山志保以平靜的聲音說道。

「就算少了我們兩個，大概也不會對比賽有影響吧。」

「這個嘛……或許是吧。」

畠山志保輕聲笑了起來，我也回以笑臉。

她現在是怎樣的心情呢？國中時代霸凌過她的那個女生的妹妹，現在又踢球砸中她的臉，不知道會是什麼感受。換作是我，一定會在心裡想「開什麼玩笑啊妳」。畠山志保或許也這麼想。也許她心裡想著「少跟我開玩笑，小心我宰了妳」，但還是客套的擠出笑臉，陪我閒聊，展開很成熟的應對。

一想到這裡，便不禁懷疑，難道我不該自己硬提出要陪她來保健室的要求？雖然為時已晚，但我如果真是為畠山志保著想，或許就應該從她面前消失。但我卻以消除自己的罪惡感為優先，硬是陪在她身邊。滿腦子只想到自己，到頭來，我根本跟姊姊沒兩樣？

我再次斜眼偷瞄畠山志保，視線不自主地投向鮮紅的血。真的很對不起。我差點又開口說了一遍，但我忍了下來。現在需要的，是盡快抵達保健室。

筆直的走廊，左手邊是一路相連的高一教室。再繼續往前走，右手邊是開闊的中庭。只要像是要繞過中庭一樣往右轉，走廊盡頭便是保健室了。我心想，要是保健室護理師在就好了。

這時，從走廊深處的中庭方向傳來說話的聲音。

音量很微弱，所以說話內容和音質都聽不太清楚。不過，隱約感覺得出語氣很兇，而且話中帶刺。

在我腦袋明白之前，胸口已先為之一緊。

我知道那是誰的聲音。一個早已聽膩的聲音。

我萬萬沒想到，竟然又遇上了，接著我心中只有一個感覺，那就是「別再來了」。但向來都是如此，姊姊總是在我希望她絕對不要出現的時機現身，就像是我祈求她別出現的這份心思將她引來似的。

姊姊人在中庭。聲音中夾帶著急躁，正在和人談話。她所在的地點，我們只要前往保健室，一定會被她看到。但我現在死也不要見到姊姊，而且是和因為我的關係而臉部出血的畠山志保一起出現，絕對不行。

「那個……」

我並沒特別想些什麼，但我朝走在我身旁的畠山志保喚道。我想先阻止她前進，等我姊姊消失，或是改走別的路，另外思考對策。可是……

「嗯，咦……什麼事？」

畠山志保心不在焉地應道，一看到她的臉，我頓時明白，她也發現姊姊就在前面。光憑那微微傳來的聲音，她就知道那個人是姊姊。可見她的耳朵也早已建立一套會對姊姊的聲音產生警戒的迴路，一聽就認出是姊姊。

這時，傳來更響亮的聲音。

「這和之前說的不一樣。」

果然是姊姊的聲音沒錯。那明顯聽得出來無比焦躁的聲音，再度令我胸口緊縮。隔沒幾秒，又傳來聲音。

「你明明說要保護我的。」

只傳來姊姊的聲音，沒聽到和她對話者的聲音，給人的感覺是姊姊自己一個人在發火。這是常有的事，很受不了。但如果姊姊現在正忙著向對方發火，那或許有可能趁這個機會從走廊角落偷偷溜過去。只要不被她發現，就能避免讓受傷的畠山志保與姊姊碰面這種最糟的事態發生。

我才剛抱持這樣的期待，緊接著下個瞬間，隨著一陣粗魯的腳步聲，姊姊已繞過走廊轉角，出現在我們面前。我的希望瞬間破滅。明明聽聲音就知道了，但實際看到姊姊出現面前，又會不由自主的感到絕望。

「這什麼意思。」

姊姊耳朵緊貼著手機在講電話，她粗聲粗氣地朝我走來。

不知為何，姊姊穿著制服。今天是球賽大會，高一高二的學生明明全都換上運動服到校舍外去了。為什麼姊姊會這身打扮走在這種地方？是為了讓我難堪嗎？

我無法停步，也無處可逃，就這樣與姊姊縮短了距離。姊姊的目光旋即捕捉到我的存在，她的眼瞳倏然變窄。

「你的意思是我不好囉？」

姊姊瞪視著我們，繼續講電話。我讓開我們這一側的路，準備就此與姊姊錯身而過。畠山志保已猜出是怎麼回事，同樣不發一語地貼向牆壁。極為普通的學校走廊，這樣的寬度，就算三個人並肩而行也綽綽有餘。但就在擦身而過的瞬間，姊姊沒拿手機的那隻手，肩膀撞向我的肩膀。接著她以突尖的手肘朝我側腹使出一記肘擊。

「唔～」空氣從我口中洩出。

「那麼阿翔，你這樣就不算是站在我這邊了。」

姊姊連看也不看我一眼，仍繼續講著電話，往前走去。我緊按挨撞的側腹，轉頭望向她。那頭滑順的黑髮，在她直挺的漂亮後背擺動，短裙底下是又直又細的白皙美腿。那美麗的倩影逐漸遠去。

「妳、妳沒事吧。」

我因畠山志保的低語聲而抬起頭。

姊姊不發一語，突然就對我暴力相向，怎麼看都覺得是拿我出氣，很不合理，現場情形正好被這名同屆的學生目睹。

憤怒、混亂、悲慘、羞恥，各種情緒交雜，我不知該用什麼表情回答她才好。

保健室裡的護理師不在。位於中央的桌子上擺著一面手作的牌子，上頭寫著「外出中，很快就回來」。

畠山志保在洗臉臺洗手，以沾溼的面紙擦拭臉上的血，並從冷凍庫裡取出冰袋，對鼻子冰敷。鼻血好像已經沒流了。她俐落地給自己做了治療處置後，轉頭望向坐在桌邊椅子上的我問道：「倉石同學，妳不要緊吧？」

「嗯……」

我如此回答，同時碰觸剛才被姊姊撞傷的側腹，用力一壓，隱隱作疼。不過，感覺似乎沒傷及骨頭或內臟。從小就已習慣被姊姊碰撞，所以坦白說，這根本就沒什麼。不，被同屆的學生撞見，還是對我帶來很大的精神衝擊。

「感覺……好像很生氣呢。」

畠山志保說得含蓄，沒講主詞，拉開我身旁的椅子，接著坐下。

「嗯，是啊……」

「嗯，看了有點……嚇一跳。」

「抱歉。」

「咦！不。」

畠山志保抬起單手，張開手掌，用力搖頭。對話就此停頓。畠山志保低下頭，視線落向桌上。冰敷的鼻子四周微微泛紅。

「我這樣說……或許有點多管閒事。」

「嗯？」

「妳們在家……也是這種感覺嗎？這種情況常發生嗎？像剛才那種……挨打的情形？」

我回了一聲：「咦？」畠山志保抬起視線望向我。我從中看出像是關心，或是擔心的感覺，一時有點心慌。

「哦，她心情不好的時候確實是會這樣。妳也知道的，那傢伙也不知道該說是任性，還是孩子氣，感覺就小孩子在鬧脾氣似的，所以我都沒跟她計較。」

我的說話口吻就像在解釋似的。姊姊不開心的時候，會很隨意地對我拳腳相向。不過，和小時候不一樣，姊姊現在也懂得控制力道，不會對我造成足以留下傷痕的嚴重傷害，所以她的暴力我沒放在心上，這也是事實。

但家裡有這號人物在，不知道她什麼時候會動用暴力，這種情況確實很討厭。倒也不是我討厭暴力，而是有個會動用暴力，無法信賴的傢伙，一直在周遭遊蕩，這造成我很大的壓力。

每個生活上的小事，坦白說，一點都不重要。連稱不上小事的日常生活都無法安心度過，這點最讓人無法忍受。

「而且，對我來說，她好歹是我姊姊。」

我突然想起，急忙補上這麼一句。我得向大家宣告，我們是一對好姊妹，所以我不可能會想殺了姊姊，這都是為了日後真的要殺她時所做的準備。阿佳之前曾對我說「妳們好歹是一家人」，這句話至今仍留在我記憶裡，因為是很沒意義的一句話，所以可以無視於它的前後脈絡來使用，相當方便好用。

「這樣啊。」

畠山志保柔弱地笑著。

我覺得很不可思議。為什麼她會替我擔心呢？我明明是姊姊的妹妹啊。

「我說……」

保健室的窗戶緊閉。球場的喧鬧以及體育館的歡呼聲，一律傳不進這裡。好像拒絕參加球賽大會的姊姊，也不知道跑哪兒去了。

臉和側腹分別負傷的我們兩人一起坐在桌子旁，這種情況感覺莫名的平靜，我覺得此刻可以開口向她詢問。

「妳不氣我嗎？或許不該說生氣，而是憎恨才對，難道都不會嗎？」

「咦？」

畠山志保再次抬起視線，與我短暫的四目交接。但她旋即又將視線移向白色的桌面，低語道「嗯，我現在已經不痛了，沒事的」。

「啊……嗯，這也算啦，不過……抱歉，我說的是國中時的事。」

「啊，嗯。」

「我知道我姊姊在霸凌妳。我姊姊她一點都不隱瞞，所以我當然知道。」

「……嗯。」

「我從來沒阻止過她，也沒想過要阻止。」

「嗯。」

「不過畠山同學，妳現在卻很平常的和我說話。」

「嗯。」

「我覺得很不可思議，不懂這是為什麼。」

「不可思議？」

「嗯。我都沒阻止我姊姊，妳難道不生氣嗎？」

「嗯……呃……」

畠山志保將原本冰敷鼻子的冰袋改抵向額頭，思考了一會兒後說道。

「舉個例來說吧。」

「嗯。」

「如果妳被人霸凌，我大概也不會出面阻止吧。」

「啊……」

「我想我不會阻止。因為我沒這個勇氣，而且我們的交情也沒好到我得挺身而出的程度。我們也沒那麼常聊天。抱歉，我就是這樣的人，所以妳問我會不會生妳氣，我應該是不會將這件事放在心上吧。」

「那如果霸凌別人的，是畠山同學妳的兄弟姊妹，妳也是這種態度嗎？」

「嗯……」這時畠山志保再度低頭沉吟數秒之久。

「該怎麼說呢，因為我是獨生女，所以無法想像……不過，如果是我的兄弟姊妹這麼做的話，我可能會阻止吧？我也不知道。啊，不過……如果是倉石凜同學，也就是妳姊姊，我可能不敢阻止她。因為她很可怕，我不想和她有瓜葛。」

「是嗎……這樣啊。」

「嗯。所以我不會生妳的氣，雖然是姊妹，但畢竟是不同人……如果等同而論，一起怨恨，我認為這樣不對。」

我也這麼認為。

不過，小學時，那位不認識的阿姨就只因為我是姊姊的妹妹，便一把抓住我的手臂。國三時，第一次交往的男孩，因為我的眼睛和姊姊很像，而和我分手。而且……

「我國中時遇到的問題，並非只有倉石凜同學。發生了許多討厭的事，她只是其中一項而已。所以倉石……不，麻友同學，我認為妳是個好人。」

畠山志保以平靜的聲音說道。

我可不這麼認為。

「畠山同學。」

「嗯，什麼事？」

「妳記得手塚有紗嗎？」

「咦，嗯……」

畠山志保心不在焉地將視線投向空中，也許她的視線前方浮現有紗的身影。她記憶中的有紗是什麼模樣呢？

「國一時同班的手塚同學是嗎？她和妳是好朋友。」

「嗯。」

「手塚同學怎麼了嗎？」

「嗯，有紗她……」

一提到有紗的名字，頓時悲從中來。和有紗在一起的那段時間，我應該都過得很快樂幸福才對，但現在回想起來，卻盡是悲傷。

「因為我的緣故，她再也不肯到學校來上課。」

「因為妳的緣故？」

「嗯。不是因為我姊姊，而是我害的。」

6

「有紗她知道我在背地裡說了許多很過分的話，大受打擊，從此不再到學校來上課。」

試著以話語來說明後，四秒就講完了。

如果光是要想起的話，連短短一瞬的時間都不用。我瞬間就墮入悲傷，我明白自己沒有悲傷的資格，但腦袋擅自悲傷起來。

「咦，可是……」

畠山志保維持以冰袋抵向鼻子的姿勢，偏著頭。

「我以為妳們交情很好。妳們兩人……」

「嗯。」

我頷首。

我們以前交情確實很好。我很喜歡有紗。她沒有半點討人厭的地方，光是和她在一起，我就覺得很快樂，能發自內心展露笑顏。不過，我卻在背地裡把她貶得一文不值。因為我這麼做，姊姊會很開心。

「我姊姊很討厭有紗。」

我感到臉頰發燙，直透耳根。這是我第一次跟別人說這件事。一股羞愧感湧現，與悲傷旗鼓相當。

我認為姊姊見我和有紗感情好，心裡有點嫉妒。她覺得我被人搶走。但更令姊姊無法忍受的，大概是我比她還幸福，因為姊姊討厭比她還幸福的人。得到好友的我，每天都既快樂又幸福，而且在姊姊面前毫不掩飾。

自從我和有紗變成好朋友後，過沒多久，姊姊便開始稱呼有紗「醜胖」。

醜女加胖子，簡稱醜胖。姊姊擁有幾欲斷折的纖細手腳，和洋娃娃一樣的大眼及紅唇，看在她眼裡，每個人都又胖又醜。小學一二年級時，姊姊也用這個綽號叫我。被母親訓斥了好幾次，記得大概花了半年的時間，她才停止這樣叫我。在姊姊心中，這是她很喜歡的綽號。

妳別這樣叫有紗——我對她說，說了一遍又一遍。但姊姊對我說的話根本置若罔聞，我每天都一再向她抱怨同一件事，連我自己說得都煩了，過沒多久，我已經無所謂了。我決定告訴自己，綽號這種事，只是一種無聊的惡言，隨她去吧。因為這麼想，心裡會比較輕鬆。

面對姊姊，當時的我對很多事抱持由她去的態度，就這麼順利地看開。因為與其採取建設性的對策，想去改變姊姊，還不如放棄，這樣一瞬間就能解決，輕鬆多了。

如今回想，當時的我從未對姊姊認真發表過意見，或是生氣。就連提醒她別那樣稱呼有紗，我也是嘻皮笑臉，避免和她起衝突，以很平靜的語氣和她說。如今回想，那並不是出於真心想阻止姊姊的念頭，就只是看她給自己的好友取這種惡質的綽號，自己卻放任她不管，想要淡化這樣的罪惡感罷了。

在家裡，面對姊姊這樣的惡行，我選擇放棄，而在學校，我完全忘了這樣的事實，一樣快樂地過日子。不久，我在班上有了喜歡的人，學校生活變得更加快樂。而在家中，姊姊的言語暴力則是愈來愈嚴重，我漸漸無感。

『麻友，妳今天和醜胖一起回來對吧？她的橫寬是別人的一倍，一看就知道是她。』

『哦，對。』

『今天我在學校遇見醜胖，我不小心說了一句——啊，是醜胖耶。結果她竟然就回頭了。於是我笑著對她說——咦，妳竟然有自覺耶。』

『拜託，妳別這樣。』

『人家不小心的嘛。醜胖惡狠狠地瞪著我，好可怕哦。妳不覺得她的眼神很可怕嗎？』

『是有一點。因為有紗的眼神很銳利。』

『我就說吧，果然妳也這麼想，因為她臉上也長滿了肉。為什麼瘦不下來？』

『不知道。』

『咦～麻友，妳今天又要跟醜胖出去玩啊？妳們這麼常在一起，到時候她把肥胖傳染給妳怎麼辦？』

『肥胖怎麼可能傳染嘛。』

『妳可真的要多小心啊，姊姊死也不要自己的妹妹是個醜胖。』

『知道啦。』

『麻友要是變成醜胖，我就不讓妳進家門。我實在無法忍受家裡有個醜胖。』

過了兩年，我已完全習慣姊姊叫我的好朋友「醜胖」，也在不知不覺中接受她用這個綽號來稱呼有紗。一開始每次聽到這個字眼，心裡就會不愉快，感到心神不寧，但不知從什麼時候起，就沒有這種感覺，所以我第一次在家中稱呼有紗「醜胖」，真的是一時不小心。

『麻友，明天我們一起去買東西吧。』
『啊，不行，明天我和人有約。』
『咦，什麼？妳竟然拋下姊姊，要去哪裡？』
『抱歉，明天我和醜胖有約，啊！』

姊姊笑得像惡魔一樣。
笑得像世界末日一樣。
她似乎發自內心感到快樂，捧腹大笑，笑得眼淚直流。
「不，不對，我說錯話了。」一見我一臉慌亂，她甩著頭髮繼續笑。儘管用盡全力笑得人仰馬翻，活像傻瓜似的，但姊姊還是一樣可愛動人，就像魔女一般。
「麻友，妳這樣說不行哦。因為妳是她的好朋友。」
姊姊言不由衷地這樣說道，我極力向她解釋「我真的是說錯話了」，但當時我自己也小聲地笑了起來。
能逗姊姊笑，我覺得很滿足，感覺就像講了一個很有水準的笑話。我是個一直希望能獲得姊姊認同的孩子，一直都怕惹姊姊不高興，一直都想逗姊姊開心。姊姊一面擦去淚水，一面說道「不過，這也是沒辦法的事。因為她真的就是醜胖嘛」，一直開心地笑個不停。

叫有紗醜胖，姊姊竟然這麼開心。就算我在家中偷偷貶損有紗，也沒人會受傷，沒人會感到難過。

我馬上失去節制，我變得愈來愈過分，我愈是過分，姊姊就愈高興。

之後我和姊姊具體地說了哪些和有紗有關的事，我不能說。我絕不能說。不過，現在回想，當時或許是我和姊姊最和平相處，感情最融洽的時期。我們說有紗壞話，有談不完的話題，當我覺得姊姊不開心時，只要搬出這個話題，她的情緒就會安定下來。姊姊不會像小時候那樣，朝我丟石頭，或是餵我吃草，而我一方面害怕姊姊的壞，一方面還保有一份倫理觀，明白對家人抱持殺意是不可饒恕的事。

一邊在家中說有紗壞話，一邊在學校和有紗談到姊姊有多壞，這種日子持續了約半年之久。雖然我有自覺，自己做了很過分的事，但那又怎樣呢？我覺得我並未對自己所處的立場展開深入的思考。這種行為要是再繼續下去，接下來會發生什麼事，我完全沒細想過這個問題。

「啊，我好像還記得一些。」

畠山志保說。

「國一時在走廊上，倉石同學剛好路過，對手塚同學說了些話，後來倉石同學妳就對手塚同學說，那種人講的話別放在心上。」

畠山志保都用「倉石同學」來稱呼我和姊姊，所以一時有點混亂。但我聽得懂，我也還記得。姊姊在學校裡也會公然出言侮辱有紗，當時我會護著有紗。國一國二時，理所當然會有這種態度。不過，自從開始在家裡說有紗壞話後，我也還是秉持這種態度。

「嗯。」我點頭回應，但覺得自己似乎滿臉羞紅，微微把臉側向一邊，以劉海遮掩。幾年前我仍是這樣的人，我對此羞愧得無地自容。

不過，在那段日子裡，我什麼都感覺不到。像這樣短短三分鐘就能說完的事，當時卻是花了兩年半的時間緩緩地進行，所以在那段時間裡，我對如此平淡的內容感受不到任何危機。我這樣說，也不知道算是分析，還是在解釋。

「不過，為什麼……那件事會穿幫呢？這樣說或許有點不太恰當……手塚同學她為什麼會知道？倉石同學妳說的那些……」

「因為我姊姊將我批評有紗的壞話錄音下來，把檔案傳給有紗。」

「啊……」

結局光用兩秒就能說完。「因為我覺得有趣啊」，我想起姊姊說這句話時流露的笑臉。從未見過有紗那滿臉通紅，紅得教人無法相信的哭喪臉龐。她好不容易接起電話，隔著電話傳來的顫抖聲音。早上的教室，今天同樣沒來上學的有紗空著的桌椅。日復一日，讓人明白事態有多嚴重的每一天。

「對不起，突然跟妳說這些事。」

我覺得自己都快哭了，為了轉換心情，刻意這樣說道。我根本沒資格哭。而且，一個和自己又沒多熟的同學，突然開始說起自己羞慚的過去，而且還一副快要哭了的模樣，她一定覺得很困擾。

「不會。」畠山志保搖著頭。

「真不知道我在說些什麼。總之，這件事透露出我在很多方面都爛透了，跟我姊姊一個樣。」

「嗯……」

畠山志保微微抬起下巴，取下原本抵在鼻子上的冰袋。她鼻子的紅腫已大致消退，這樣我就放心了。畠山志保朝桌面凝視了一會兒後，開口說道：

「這件事……嗯。我認為應該是倉石同學不好吧。」

哪個倉石同學？我沒問。不用問也知道。

換過冰袋後，我們返回體育館。我們班戰勝四班，接著又打贏下一班，在接下來對戰三班的那場比賽中，我重回球隊，但我們輸了那場比賽。

這是一場害畠山志保流鼻血，而我挨了姊姊一記肘擊的球賽大會。

那時候——

當姊姊告訴我「我全部都跟她說了」的時候。姊姊看著喪失血色的我，露出笑容。一看到姊姊的笑容，我慢慢明白，已發生無法挽回的憾事，儘管如此，我還是有幾個選項。

我應該可以痛毆姊姊一頓，也能朝她咆哮，大聲吼叫，說出姊姊過去對我造成的一切傷害，向她發洩我的恨意，就此與她絕交。其實我很想這麼做。因為我雖然腦袋變得一片空白，但怒火在我體內形成強烈的渦漩，有個危險的警報聲一直響個不停，叫我現在得馬上教訓這個女人才行。

但最後還是沒選擇那樣做。當時我怎麼也無法對姊姊生氣，我就只是感到不知所措，選擇了慌亂。我哭泣，腦中一片混亂，我心裡明明知道，這樣只會讓姊姊更加高興。

之所以無法對她發火，是因為我感到內疚，覺得自己也有錯。但現在我覺得，我只是藉由這樣的內疚來逃避，想作出「不生氣」這個輕鬆的選擇。真窩囊，又再度感到耳根發燙。

在決定殺死姊姊之前的那個我，我實在無法接受。

有紗阻斷我的一切聯絡，最後，在我的電話被她設為拒接來電的那個寒冷的夜晚，我便決定要殺了姊姊。我允許自己殺了姊姊。

我無法忘卻當時心中得到的解放感。我變成一個希望家人死亡的壞人，一個殘忍的人，但這樣還是遠比起之前的我要來得強。

大會結束時，杏奈上臺致辭，她一臉暢快的表情，一副了無遺憾的感覺。最後的冠軍是五班，我們六班是亞軍，杏奈所屬的一班是最後一名，但這樣的結果一點都不重要。大家團結一心，全力以赴才重要。聽完杏奈的致辭後，我也有這種感覺。我很在意姊姊的情況，偷偷窺望排隊站在遠處的一班，但沒看到姊姊。難道她直接回家了？

徐風吹向操場，運動服下的汗水逐漸轉冷。校長接著杏奈之後致辭。正當我發呆時，不自主地想起我在保健室與畠山志保共度的那段不可思議的時間。為什麼我會跟她說有紗的事？我以前明明從沒跟任何人提過啊。

也許我很羨慕畠山志保。她看起來像是克服了對姊姊的恐懼，我也許是想向她請教。與姊姊擦身而過時，挨了姊姊一記神秘的肘擊，但我依然什麼話也不敢說。如果是不久前，我會覺得，反正再過不久我就會殺了妳，就不跟妳計較了。但現在我無法相信自己。

因為當我明白，姊姊已不會對這世界造成威脅，或許沒必要殺了她時，我感到安心。因為可以不必殺了姊姊，我鬆了口氣。但到最後，我卻在自由的夢中殺了姊姊，而且今天姊姊的表現，我也很希望她死。

我到底是想不想殺了姊姊呢？

待我回過神來，閉幕式已經結束。大家為了更衣，都陸續返回教室，只有執行委員留下來處理雜務。我們與後來變熟的高一生一起，前去為我們所負責的體育館善後。

在只有執行委員分散各處的體育館內，正在著手拆下排球的球網時，杏奈從走廊現身。「大家辛苦了！」她向已經和她變熟識的高一生喚道。一看到我，她便精神抖擻地跑來。

「辛苦了！」

「妳也辛苦了。妳閉幕式的致辭講得很好哦。」

「謝謝。我有股想哭的衝動，但想到要是在球賽大會上哭，一定會被大家笑，所以強忍了下來。妳知道阿佳在哪兒嗎？」

「阿佳？」

不知道，沒看到他——我應道。我記得阿佳和杏奈一樣，負責操場那邊的道具撤除作業。

「沒在你們那邊嗎？」

「沒有，剛才他去工友那裡歸還手推車，就沒回來了。所以我想，他可能是到你們這裡幫忙了。」

杏奈顯得有點喘。難道她跑了許多地方找阿佳？

「有急事嗎？要不要傳LINE給他？」

「不！沒什麼急事啦，就只是……我……」

杏奈突然停住呼吸。那瞬間，神情急促的杏奈周遭的空氣陡然一變，變得溫暖、燦爛。杏奈一臉開心地說道：「我喜歡阿佳。」

「咦！」

我很大聲地叫了出來。

「咦，真的假的？」

杏奈很坦然地點頭應了聲「嗯」，接著哈哈大笑。附近一名高一女生也向她追問：

「妳是說真的嗎？」

「嗯。哈哈……糟了，我都不好意思了。」

「咦，不會吧？是從什麼時候開始的？」
「咦……嗯。應該是不久前吧。妳也知道的，阿佳這個人很溫柔。」
杏奈繼續開心地應道。阿佳很溫柔，是個溫柔又正直的大好人，這我全都知道。
「所以我才在想，今天應該可以開口跟他說。」
「咦，開口跟他說？」
「告白嗎！」
高一生尖聲叫道。杏奈微微臉紅，點著頭說道：「不知道該不該說是告白，我只是想表達自己的心情。」
「這樣啊。哇……原來如此。」
我佯裝平靜，但聲音卻飄忽不定。也許我內心慌亂。
「不過，有可能會碰壁就是了。可能會被他討厭，而就此劃下句點。」
「咦？」
「阿佳有點讓人猜不透，完全看不出他對我是否有好感。」
「啊，嗯……或許是吧。」
「我就說吧。真是的，好可怕呀。」
「不過，我覺得妳和阿佳很登對。」

「咦，是嗎？」

杏奈微微睜大眼睛，頭偏向一旁。

我用力點頭。我是真的發自內心這麼認為。

「嗯，我認為你們兩人很適合，感覺是一對很正直的情侶。」

「啊，我懂妳的意思。」

「對吧。」

我對那歡騰喧鬧的高一生莞爾一笑，接著望向杏奈。敢公然說自己喜歡阿佳的杏奈，我很明白她為什麼會喜歡阿佳，而且我也隱約覺得，要是阿佳會喜歡誰的話，應該就是像她這樣的女生。正直、率真、獨生女。

「你們真的超速配，阿佳可能是去倒垃圾吧。」

杏奈回以爽朗的一笑，轉身說道：「謝謝妳，我去找他。」和她來的時候一樣，踩著精神抖擻的步伐離開體育館。

「希望他們可以順利交往。」

高一生說道。我點頭應了聲「是啊」，接著長長地嘆了口氣。

「真好，令人羨慕。」

「學姊沒有喜歡的對象嗎？」

「……沒有。」

原本想說「之前有」，但我把這句話嚥回了肚裡。沒錯，前不久我還喜歡阿佳。現在已對他完全沒感覺，所以不論杏奈會不會對阿佳告白，我都無所謂。這事和我沒半點關係。

那麼，我為什麼會這麼心慌，心裡無比羨慕呢？

我所能想到的原因，就是我可能還是希望自己能喜歡阿佳吧。

喜歡阿佳那段時間，每天都是那麼燦爛，無比幸福。喜歡上一個正直的人，彷彿連自己也跟著變得正直，令人開心。所以現在處在這種幸福中的杏奈，令我羨慕。真好。如果不是我想向阿佳坦白自己想殺死姊姊的這種想法，我可能現在還是一直沉浸在幸福中吧。衷心期盼在球賽大會那天向他告白，滿心雀躍，充滿不安，抱持著這種紛亂的心情。

不過，應該不光只是這樣。杏奈還有另一點讓我羨慕。

那就是她完全不怕姊姊。

應該說，她一點都沒把姊姊的事放在心上。不會因為班上有倉石凜在，而對這樣的不幸感到悲哀，或是加以詛咒。在開放的體育館內，就算會被耳尖的人聽到也不足為奇，而她竟然如此輕鬆地說出自己的戀情，她一定不知道世上有種居心不良的人，非得將別人的幸福完全粉碎才甘心。雖然姊姊詛咒杏奈「最好去死」，但這對杏奈毫無半點影響。對姊姊說的話感到焦急的人，就只有我。只有我滿腦子想的都是要不要殺了姊姊。

處理完所有雜務後，我很晚才參加班上舉辦的慶功宴。地點是一家有涮涮鍋和壽司吃到飽的店。渚一發現我，便高喊道：「執行委員大人駕到！」在稀稀落落的掌聲歡迎下，我有點難為情。我發現繪莉坐在寬廣桌位的最裡頭，於是馬上坐向她身旁，吁了口氣。

「辛苦妳了。」

「謝謝。真的很累。」

我用平板點了杯柳橙汁。此時的我飢腸轆轆，所以我將擺在桌子角落，已經變得乾巴巴的炸薯條配餐全部吃光。喧鬧的高中生桌位，可能店員都懶得搭理，所以到處都是疊在一起的裝肉空盤。望向吃吃喝喝的眾人，我發現阿佳沒在裡頭。

「咦，阿佳還沒來啊？」

「啊，經妳這麼一提，好像是呢。本來以為他會和麻友一起來。」

「不……」

沒看到他。因為解散時，我沒和操場的隊友們碰面。哦～可能是和杏奈一起吧，正當我這樣猜想時，傳來LINE的訊息通知。杏奈傳來『ＯＫ了！』這句話，並附上從兔子口中不斷滿出愛心的貼圖。我忍不住發出「噢」的一聲。

「嗯？怎麼了？」

「啊，不，沒什麼。啊，是這樣的。有件事我得跟繪莉妳說一聲才行。」

「什麼事？」

我壓低聲音說道：

「後來仔細想了想，我或許不是那麼喜歡阿佳。」

回到家，打開客廳的門，看到父母坐在沙發上看電視。電視上播放的是沒什麼營養的綜藝節目，他們兩人之間散發出一種放鬆、和諧的氣氛。他們不約而同抬起頭，齊聲說道：「妳回來啦。」

「我回來了。」

我的視線從客廳移向廚房，豎耳細聽。姊姊不在。感覺不到她的氣息，玄關也沒看到她的鞋子，好像還沒回來。

難道姊姊也去參加班上的慶功宴？不，她今天穿著制服四處晃，難道她有別的事？

之前她在講電話——也許是和阿翔見面。兩人好像起了點爭執。從她的對話內容來看，大概是和吉澤有關。

「今天的球賽大會怎樣啊？」

母親笑著問道。

「啊……嗯。發生了不少事，不過，姑且算是平安落幕。」

「開心嗎？」

「呃……嗯。還可以。」

這時，身後傳來開門聲。

我轉頭而望，當然是姊姊。

「啊。」

妳回來啦——我話說到一半，舌頭就此凍結。

姊姊關上門，抬起頭來。她的黑髮像影子般銳利地搖晃。在玄關溫暖的燈光下，她那雙大眼瞪視著我，滿含憎恨的眼神。不妙。姊姊此刻心情惡劣到了極點。

「凜？妳回來啦。」

母親從客廳以悠哉的聲音叫喚。脫下鞋子的姊姊沒答話，發出咚咚的腳步聲，朝我走近——我則是後退一步，擺出防禦架式。今天白天時，我的側腹才挨了她一記肘擊。我不可能像個傻瓜一樣，老讓她拿我出氣。我不知道她為什麼這麼不高興，但這件事和我無關。不論她從哪個方向攻擊我，我一定都會閃開。

見我擺好防禦架式，姊姊來到離我一公尺遠的距離後停步，放下原本掛在肩上的書包，高高地掄起，使勁朝我砸過來。看到那近距離飛來的書包，我不自主地護住臉部。這時，書包擊中我腹部。裝在書包裡的某個東西，可能是課本的邊角，正好刺向我白天時遭受肘擊的側腹一帶。

「別擋路。」

姊姊繼續重重踩踏地面，走上樓梯，消失在二樓。儘管已經看不見她的身影，但仍傳來她走過二樓走廊的腳步聲。那幾欲斷折的纖細雙腿，哪來這麼強勁的力量？不久，傳來像爆炸般「砰」的一聲關門聲，接著一切終於又歸於平靜。我按住隱隱作疼的腹部，轉頭望向客廳。

母親從沙發上站起身，一臉茫然地望著我。我想，我大概也是差不多的表情。聽著電視傳來開朗的笑聲，心臟噗通噗通直跳。父親則是不發一語地望著電視。

「啊……妳沒事吧？」

母親問。

「咦，嗯。」

「小凜她是怎麼了？」

「不知道。」

「感覺……好像心情不太好呢。」

我目不轉睛地望著母親的臉。拿書包砸向自己妹妹，就只用一句「心情不太好」輕鬆帶過嗎？的確，就只是被這種書包砸了一下，不會造成多大的傷害。被課本的邊角刺到，痛了一下，這也沒什麼。但就算我人沒事，她這種行為也太惡劣了吧？根本就惡劣到了極點。

「她在學校是發生什麼事嗎……麻友，妳是不是知道些什麼？有聽說什麼嗎？」

不清楚耶──我說。其實我知道，姊姊不高興的原因，我心裡有底。是白天聽到的那通電話。大概是姊姊要求「阿翔」教訓吉澤，遭到拒絕。因為阿翔是個可怕的人，所以他一度接受姊姊的請託，但在知道詳情後，他發現姊姊對吉澤的憎恨，根本就只是惱羞成怒，沒有正當性。或者是說，姊姊說阿翔是個可怕的人，這其實也是她自己以為；說要教訓吉澤的這個可怕計畫，根本是姊姊自己一廂情願的想法。總之，阿翔拒絕了她。阿翔其實只是個普通的正經人，面對這麼差勁的姊姊，他敢違背她的意思。

「嗯？凜怎麼了嗎？」

理應已聽到所有聲響的父親，這時候才轉過頭來。

「嗯，她好像很生氣。」

「哦……怎麼了嗎？」

我很討厭這時候的父親。這不過是再普通不過的一棟木造透天厝，而就在幾公尺遠的地方發出「咚」、「砰」的巨大聲響，怎麼可能沒聽到。但父親卻裝沒發現，想擺出一副沒任何異狀發生的模樣，欲蓋彌彰。

對姊姊的問題避而不見的父親，以及不敢罵姊姊的母親。這對沒用的父母最討厭了。所以我才不將姊姊不高興的原因告訴你們呢。就算告訴他們詳情，一定也傳不進他們心裡，或者應該說，他們會拒絕去理解。父親絕對不相信姊姊會想加害班上的女同學，而母親則是會不溫不火地警告她一句「我不是說過了嗎，不能這樣做」，然後就沒了。

我最不能原諒的，是他們兩人其實全都知道。對於姊姊的壞，他們很清楚，姊姊有可能真的做出壞事來，是個壞人。但他們只想裝不知道，因為在他們心中，還沒發生讓他們非得承認這點不可的決定性事件。

所以我說的話，其實也傳進了他們心底。明明傳進了心底，卻又得擺出沒聽見的樣子，看了教人悲傷。

「我要去洗澡了，可以嗎？」

「哦……嗯。剛好洗澡水也燒好了。」

「謝謝。今天流了一身汗。你們也知道的，球賽大會。」

我結束姊姊的話題後，他們兩人明顯露出鬆了口氣的表情。

不對。說悲傷是騙人的。其實是生氣。我感到既煩躁，又火大。我很想將爸媽還有姊姊全痛毆一頓，然後對他們大吼一聲：「給我正常一點！振作一點！」但我現在沒有這樣的魄力，而且我也不是真的想做出這種家庭暴力的行為，要是遭到反擊，我肯定會輸。換句話說，我發現我其實知道自己現在很生氣，但我非得克制這樣的情緒不可，為了跳脫這樣的憤怒，我佯裝悲傷，如此而已。

我換好衣服，心情煩躁地走向浴室。我照著鏡子，被姊姊打中的側腹並沒有形成瘀青。這麼一來，連要提報家暴都沒辦法，就算跟父母說，他們也只會冷處理。姊姊很懂得巧妙拿捏暴力的力道。

我浸泡在浴缸裡，一時陷入敏感的情緒中。今天實在發生太多事了。不過，肩膀以下整個泡進熱水中後，過了一會兒，另一種不同的情緒開始湧現。怒氣在全身繞行一圈後，開始轉為對那對無能父母的同情。

姊姊不高興，對這世界來說，反而是件開心的事，因為這表示這世界驅退了姊姊的殘暴。但就只有包容姊姊的我們一家人，和姊姊一起承受傷害。我們和姊姊是同一隊。

而最糟糕的是，如果不考慮姊姊的話，我其實很喜歡爸媽。因此，爸媽因為姊姊的緣故而變成這麼糟糕的人，有時反而應該將他們當作被害人看待。

有時我會想，等我殺了姊姊後，爸媽應該也會很高興吧。

坦白說，我現在也在想這個問題。

當我洗好澡，吹乾頭髮時，我才想到，之前在參加慶功宴時，接到杏奈傳來的LINE，一時就這麼擱著，忘了回覆。手機放在我房間裡充電。

平時我都在自己的房間裡吹頭髮，但現在是在一樓的和室吹。因為姊姊現在心情很差，要是我在隔壁房間發出巨大聲響，她會敲打牆壁，我很怕這種情形發生。

唉，真是麻煩透頂。和室的插座只有一個空位，所以無法一邊替手機充電，一邊吹乾頭髮。如果頭髮半溼不乾的時間太長，明天早上我劉海左側便很有可能會亂翹。像這種麻煩的感覺一再累積，不知道是否也會變成殺意？因為插座不夠，所以殺了她，就像這樣。

正當我這麼想的時候，從二樓傳來姊姊咚咚咚的腳步聲，消失在洗手間裡。她好像去洗澡了。太好了，要是能事先在浴室裡設下陷阱就好了。

我馬上返回房間。杏奈向我報告她告白成功的事，我卻一直沒回覆，真不應該。因為慶功宴太忙了，雖然能以此當藉口，但要是時間拉得太長，可能會讓她產生不必要的猜測，我有點擔心。例如她會猜想，麻友沒馬上回我信，是不是看我們兩人變一對，心裡覺得不是滋味，或者是覺得，麻友該不會也喜歡阿佳吧？這樣的話，可就是天大的誤會了。

我望向丟在床上連接充電器的手機。這時，一個陌生的大頭貼傳來LINE的訊息。名字顯示是「一樹」。這誰啊？垃圾訊息嗎？

上頭顯示的大頭貼，就像是某個沒什麼名氣的鄉下吉祥物般，我朝它望了幾秒後，這才發現，啊，是高梨。高梨一樹。雖然在LINE群組上聊過天，但我和他從沒一對一聊過。這是什麼？打開來一看，畫面滿滿都是文字，我的目光在文字上滑動。接著我得知姊姊不高興的另一個原因。

高梨傳來的訊息，開頭寫道『發生了一件不可原諒的事』。接下來是長長的一大篇文章，他似乎不太懂得對發生過的事做摘要。也可能是他在打這些訊息時，情緒太過激動。

我姑且只看當中別有含意的部分。大致內容如下。

『是關於倉石同學的事。』

『啊，我說的是倉石凜同學，也就是妳姊姊。』
『她明明參加了班上的躲避球賽。』
『而且幾乎是用半強迫的方式，極力拜託，才加入球隊。』
『但她今天竟然缺席沒來！』
『不覺得很扯嗎？』
『而且，不知道為什麼，她竟然還跑來參加慶功宴。』
『我們班的慶功宴。雖然是最後一名，但大家都盡力了，那是當時現場的氣氛。』
『她的態度惡劣到了極點。』
『明明自己缺席，還責怪同學們是輸家。』
看到這裡，我仰身躺向床鋪。不，現在不是仰躺的時候。高梨是真的怒不可抑，不是用驚訝圖案、表情符號、貼圖來表示的那種憤怒，而是大量使用了像『真搞不懂她在想什麼』或『真猜不透她這是什麼意思』這類的文字，表示此時的他已氣得無法用言語表達了。
沒錯，所以我才覺得這件事很嚴重，容不得我躺在床上看。可是沒用，我就是感到無比倦怠，全身乏力。既然這樣，那就小躺一下吧——實在令人想笑。
接著，某個畫面在我腦中湧現。是小時候在繪本中讀過的一個令人懷念的故事——

《睡美人》。

『我再也按捺不住，對她說了一句，可以請妳回去嗎，我覺得我沒錯。』

『因為她實在太過分了。』

『倉石同學在離開時，還刻意打破盤子。她這麼做，會造成店家的困擾。而且我們還代替她向店家道歉。』

很久很久以前。

為了慶祝公主誕生，國王舉辦了宴會。

國王想邀請國內所有的魔女一同參加，但宴會中使用的餐具少一組，所以唯獨遺漏了一位魔女沒邀請。宴會當天，受邀的魔女們各自贈予公主「美麗」、「聰明」之類的美好贈禮。但在最後一位魔女要獻上贈禮時，那位沒受邀的魔女現身，對公主施加「死亡詛咒」。詛咒的內容是「公主在十五歲生日那天，會被紡織機的紡針刺死」。只因為魔女沒獲邀參加宴會，對此大感惱火！

感覺跟姊姊好像。

小時候覺得百思不解，為什麼這名魔女要專程來到沒邀請她參加的宴會上，對公主下詛咒呢？這樣不是只會讓自己變得更加悲慘嗎？原來魔女跟姊姊的心智是一樣的。

不知道這位魔女是否也有妹妹。

魔女毀了國王的宴會，詛咒完公主後，被悲傷的民眾包圍，她的妹妹不知道是抱持怎樣的心情在過日子。

我先不搭理罵了一大串話的高梨，先回訊息給杏奈。以『哇～恭喜！』這行文字，搭配從眼睛不斷飛出愛心的小鳥貼圖。不過，要是杏奈也參加一班的慶功宴，目睹姊姊那旁若無人的姿態，現在我這個妹妹悠哉地傳送這樣的回覆，也未免太滑稽了。

以杏奈的個性，她一定會參加慶功宴，而且她又是執行委員，不過，和她同樣條件的阿佳並未在班上的慶功宴上露臉，所以要是他們兩人自己到某處辦慶功宴，順便當第一次約會，而還不知道姊姊的事，那就太好了。但不管怎樣，明天到了學校，還是會知道的。

姊姊蠻不講理地大鬧一場，遭全班同學嫌棄。就連之前姊姊在即將被孤立的時候，還會以普通的態度對她的高梨，現在也很排斥她。等杏奈知道這件事情後，一想起我，可能會覺得心裡有疙瘩吧。還是說，她已經在生我的氣了。也許我和姊姊一樣，都已經被她放棄了。

高梨被姊姊惹得很不爽，但他一定是早就猜到，倉石凜絕對不可能自己開口道歉，她不是會做這種事的正常人。所以他想到了與姊姊相比，還算能溝通的妹妹，所以與我聯絡。和小學時，在公園裡一把握住我手臂的阿翔母親一樣。就算杏奈和他一樣生氣，也不足為奇。無法向本人宣洩的怒火，改為轉向她妹妹。

「我姊姊的事，真的很抱歉。」

我試著小小聲地說出這句話，但內心完全沒有誠意。我躺在床上思考該如何回覆高梨才好，感到睏意漸濃。

就先小睡片刻吧。但現在就睡著的話，劉海會亂翹……

我內心糾葛，但當我意識到時，眼皮已經閉上了。我的大腦想睡覺。在遠去的意識邊緣，我思考著，如果杏奈針對姊姊的事向阿佳發牢騷的話，阿佳不知道會怎麼回答。說別人壞話不太恰當哦——他也會對自己的女朋友說這種話嗎？

阿佳被人甩了最好。

我自己也明白，這樣的情感既不講理，又偏離主題，而且過於片面，完全搞錯對象。

我和平常一樣，因鬧鐘鈴響而醒來，我發現自己睡得很沉。窗外無比明亮。我坐起身，感覺左側的劉海亂翹。

洗好臉後，我將果然亂翹的劉海往後撥，一邊吃早餐，一邊思考昨天對高梨已讀不回的訊息該如何回覆才好。但腦袋一片空白。當我吃完時，已經覺得怎樣都無所謂了，決定暫時什麼都不做。甚至想毫無意義地回覆一個小鳥在地上打滾的貼圖，但我後來覺得，與其這樣，還不如什麼都不回還比較好。

換上制服後，我開始著手處理劉海。在離子夾和髮油的夾攻下，看起來像是獲得了勝利，不過你以為亂翹的頭髮已完全被降服，但卻會在之後不經意望向鏡子時，發現它已經復活，所以完全大意不得。

好了，也差不多該出門了。正當我來到走廊時，母親從二樓走下來。

「麻友。」

「啊，我出門囉。」

「凜說她今天不去學校，她肚子痛。」

「咦……這樣啊。」

「看來，果然在學校發生了什麼事……妳知道嗎？」

母親手抵向額頭，臉色蒼白地問道。

「睡美人」這三個字原本來到嘴邊，但我把它又嚥了回去，就只是偏著頭回了一句「不知道」。我走向玄關，打開大門。外頭是晴朗的好天氣。

明明是採平時的步調，走在平時的道路上，但今天卻微微出汗。坐上電車後，射進車窗裡的陽光無比刺眼。天氣真好，天空的顏色幾乎跟夏天一樣蔚藍。

我心情舒爽地做了個深呼吸，但這時我發現自己映照在車窗上的左側劉海已開始亂翹，頓時略感沮喪。看到從邊角露出的傷疤，我腦中浮現此時理應獨自關在房裡的姊姊。接下來實在有點唐突，我竟然覺得姊姊有點可憐。

唯一一位沒受邀參加宴會的魔女，或許有點令人同情。如果其他魔女都受邀參加那場歡樂的宴會，就只有自己沒受邀的話，我一定會很難過。要是日後魔女們齊聚一堂，聊到「上次的宴會真歡樂呢」，肯定會覺得如坐針氈。

不過，如果是我，就不會像那位魔女一樣，不請我參加宴會，我就不請自來。就算詛咒了公主，一吐胸中的怨氣，最後還是徒留空虛。就結果來看，正因為她是個下手狠毒的魔女，所以才會被排擠。姊姊也是，她在慶功宴上不受歡迎，被人下逐客令，全是她自己一手造成。但現在卻覺得她很可憐。

姊姊長得可愛，頭腦又好，且運動神經發達，是個會打扮又愛笑的開朗女孩，她應該是不費吹灰之力就能討人喜歡，一個為了受人寵愛而生的女孩。但為何在這麼一個清爽的初夏之日，她會自己孤零零一人，拒絕到學校上課呢？這全是她自己的錯。

姊姊為什麼要做出那麼惹人厭的事呢？不傷害人，她會難受是嗎？她沒必要當個多乖的女孩，只要像一般女孩一樣就行了，但她為什麼要這麼壞？

姊姊頭腦這麼好，只要稍微想一下應該就會明白，在什麼時機下當好人會有好處，在什麼狀況下做壞事會吃虧。但姊姊只要是在能做壞事的場面，就一定會幹壞事。這點實在笨得可以，或者應該說，感覺她很憨傻。沒人請妳去的宴會，妳偏偏自己現身，口出惡言，真是笨得可以啊，姊。童話故事裡的壞魔女就是這麼做，這很明顯是做傻事啊。

應該說，霸凌別人，把人逼入絕境，傷害他人，這樣不會讓任何人變得幸福，也不會得到任何好處，根本就是一種白費力氣的行為。壞心眼的人為什麼要幹這種欺負人的事呢？他們從中感到快樂的這種腦部迴路，是出於想在集團中占有優勢地位的本能嗎？欺負人的行為，是建立人際關係的一種確保手段嗎？我覺得，就算不採取這種風險高，CP值又低的手段，人跟人之間還是可以和諧相處。沒錯，如果是姊姊的話，一定辦得到。

自己的行為會反映在自己身上，公民與道德或是童話故事裡講述的道理是真的，姊，妳要快點發現這個道理。我已經發現了，這都是託妳的福。

姊姊要不是那麼壞的話，她一定能成為世上最幸福的人。

我腦中想的盡是這些事，不知不覺間，電車已來到離學校最近的一站。

和平時一樣的電車，一樣的車站，今天阿佳一樣沒上車。

來到教室後，發現阿佳在教室裡。

我望著他駝著背與隔壁桌男生聊天的後腦勺，心想，今天阿佳應該不是剛好早起搭早一班的電車，想必是和杏奈一起上學吧。如果是這樣，從明天起，他大概不會再搭我那班電車了。委員會也結束了，現在我和阿佳已經沒有什麼聊天的機會。好不容易和不同班的杏奈變成好朋友，但我有預感，我們將就此疏遠。雖然這也沒什麼，如果有話想說，隨時都能在LINE上聊，想見面的話，直接去找她就行了，不過……

「早安。」

「啊，早安。」

繪莉從我身後向我打招呼，也許她看到我正望著阿佳的後腦勺。

昨天我告訴繪莉「我或許不是那麼喜歡阿佳」，當時繪莉目瞪口呆，有點憨傻地發出「咦」的一聲驚呼。她向我逼問道：「為什麼？Why？」我一時想不出好的說詞，只好嘻皮笑臉地對她說：「就只是不再覺得他有多帥了。」甚至還補上一句：「事實上，阿佳確實也沒多帥。」這麼說有點失禮。

繪莉一時露出詫異的表情，但最後她還是說道：「是啊。不過，確實也有這種情形。」接受了我的說法。但不知為何，繪莉眼中的我似乎有點失落，於是她勉勵我：「那就趕快再找下一個男生吧。我們一起努力。」

「我說啊，妳剛才在看阿佳對吧。」
繪莉果然發現了，毫不客氣地指出這點。
「不……我只是看著他在心裡想，我果然不喜歡他。」
聽我這樣解釋後，繪莉溫柔地伸手搭在我頭上。
「暑假到了，真想去旅行。」
「啊，我也想去。」
「去泳池不錯。海邊也好，不過，頭髮會變得乾澀。啊，還有煙火。我也想看慶典，還有玩仙女棒。」
「不錯哦。」
仙女棒，去年在庭院和姊姊一起玩過。姊姊用它來燒蟻穴。
「我們來擬定計畫吧。」
「好。啊，對了。」
我突然想到。
「繪莉，我想去妳家。」
我已經有好長一段時間沒去朋友家玩了，很想試試。而且我也很好奇，不知道繪莉的房間長怎樣。

我也沒多想，就這樣隨口而出。但繪莉一聽到這句話，馬上收起臉上的表情。

「啊……嗯……不過，家裡有我哥哥在。」

「咦，哦。」

這時，班級時間的鐘聲響起。「嗯，就是這樣。」繪莉說完後，朝自己的座位走去。妳哥在家會怎樣嗎——剛才沒能問這麼一句。總覺得在那樣的氣氛下，不好開口詢問。這是怎麼回事，難道他們感情不好？之前詢問時，記得繪莉好像說過，他們是一對感情普通的兄妹。

雖然有點好奇，但我也走回自己的座位。在行走時，我發現書包裡的手機在震動。可能又是高梨傳來的吧。他還在生氣嗎？還是說，他在催我回覆？

我心想，這實在太麻煩了，還是隨便用一句「我姊姊的事，真是抱歉！」來回他吧，就此在課桌底下打開通知畫面。上面顯示的大頭貼不是高梨，是母親。她連續傳來訊息。

『聽我說，發生急事了。』

『妳姊姊被救護車載往醫院。』

『她說肚子痛，可能會緊急動手術。』

『麻友，妳可以早退趕過來嗎？』

『在不勉強的情況下。』

我起身離席。

我拿起書包，朝正好走進教室的老師走去。從排列整齊的課桌間的窄縫穿過。

我很冷靜，每一步也都走得很穩。

不過，我說明情況的聲音卻顯得飄忽不定。

我感覺到教室裡的視線全往我身上匯聚。從前門來到走廊後，我轉頭瞄了一眼，與阿佳四目交接。

我走下樓梯，走向校門。途中，母親又追加傳來訊息，吩咐我如果可以早退的話，就搭計程車過去。

班級時間開始時，鞋櫃和通往校門的道路上空無一人，不過倒是可以清楚感覺到傾注的溫暖陽光、風聲，以及球場上沙子的氣味。我不知道哪條路可以攔到計程車，於是我想，先走到車站再說，於是開始邁步走去，這時，母親傳來的訊息內容才逐漸滲進我腦中。

姊姊被救護車載走了。

救護車？真的嗎？

肚子痛是怎麼回事？

手術又是怎樣？

難道說，姊姊會死？

姊姊死……

因為事情來得突然，我無法深入思考。不過，應該有這個可能性吧？是這樣沒錯吧？真的嗎？到底是怎樣，搞不清楚。

雖然不清楚，但此刻我的心情連我自己也不太相信，當這個可能性浮現我腦中時，我心裡無比雀躍。

也許姊姊真的會死。

我太高興了。

感覺好像欣喜若狂。

雖然高興，卻又害怕。我原本是真的希望姊姊死。

我高興得幾乎都快蹦蹦跳跳起來。我感到可怕，因此一陣踉蹌。

因為這樣根本就是魔女在蹦跳。

7

如果姊姊死了，我會很開心。我原本一直這麼以為。

姊姊確實是我人生的阻礙，我希望她能早日歸西。為了世界和平，姊姊也該死，所以我負起妹妹的責任，馬上動手殺了姊姊，是正確的做法。想殺害家人，是倫理上所無法允許的事，但我在一年半前便已經決定好，要破例允許自己這麼做。我可不想被逮捕，所以我想做到完全犯罪，不讓任何人察覺，但我只是個再普通不過的女生罷了，想要瞞過日本警察可不容易，這是我最近最大的煩惱。

因此，在聽聞姊姊倒下被送往醫院的消息後，要我不准興奮，這根本就強人所難，我現在開心極了。也許姊姊會自動地死去！再也沒有比這更幸運的事了。我忍不住抱持期待。到底情況如何？姊姊真的會死嗎？

搭計程車前往醫院的路上，我緊按雀躍不已的胸口，露出沉痛的表情。司機先生以很溫柔的聲音對我說「就快到了哦」。我回了一聲「是」，聲音在顫抖，真是沒用。

我衝進一輛停在車站圓環的計程車，以顫抖的聲音告知母親傳來的醫院名稱後，那位一頭白髮的司機先生似乎誤會了什麼，之後一直對我很溫柔。他一定誤以為我是個家人突然急症發作，趕著前往探望的善良女高中生。

其實不然。我是個打從心底希望姊姊死，對這樣的自己怕得直發抖的女高中生。

『我就快到了。』

我傳LINE給母親。很快便顯示已讀通知，傳來回覆。

『爸爸會下樓去接妳。』

爸爸。爸爸也在醫院。他們兩人都丟下工作趕來嗎？姊姊的情況真那麼嚴重？我可以抱持期待嗎？胸中的期待又變得膨脹許多，我俯瞰著這樣的自己，覺得可怕。幾乎都快哭了。

「喏，到了。我會開到玄關那邊。」

我因司機先生的聲音而抬頭，發現計程車即將穿過醫院的車用入口。

這是我從沒來過的大型綜合醫院。樹叢後方是設有寬敞坡道的玄關，我發現身穿西裝的爸爸就站在那裡。幾乎同一時間，爸爸也發現計程車裡的我。我以手掌擦拭泛淚的眼角。

「謝謝。」

計程車停在玄關正面，爸爸隔著車窗支付車資。司機先生一直到最後都還是對我投以關心的視線，關上車門時，還說了一句「要堅強一點哦」。我不知道他心中是上演了怎樣的故事，才會說出這樣的話來，不過，他大概是位好心的大叔。一位善良的大叔。

「麻友，妳不要緊吧？」

爸爸拿起我的書包。原本想掩飾，但他似乎還是發現了我的眼淚。因為我感覺到眼睛微腫，所以可能是這個緣故。

「我不要緊，姊姊她情況怎樣？」

「接下來要動手術。」

「為什麼？」

「呃，好像是腹部有腫瘤，或是積水之類的。」

「會死嗎？」

「咦？」

爸爸回望我的雙眼。看他的表情，似乎萬萬沒想到會從我口中聽到這句話。

「是會喪命的病嗎？動手術會沒命嗎？」

「不。」

哈哈，爸爸輕聲笑道。神情很溫柔。接著以和那位計程車司機一樣溫柔的聲音對我說：

「不是會喪命的那種疾病啦。」

爸爸的大手擺在我頭上。爸爸已經好久沒這樣摸我的頭了。不是會喪命的那種疾病，這句話滲進我腦中。哦，這樣啊。那是……原來是這麼回事。那幹嘛把我叫來？

「放心吧。凜她沒事的。」

沒事的——爸爸又重複說了一次。爸爸說姊姊不會死，可是臉上完全沒展現出半點悲傷、不甘心、可惜的神情，但這些心情我全都有。我大感失落，淚水馬上乾涸，但覺得或許還有一絲可能性的期待仍在，我再度對抱持這種期待的自己感到畏怯。

我對這份恐懼覺得有點懷念，覺得自己很可怕的這種感覺、內心無法接受自己的感覺。竟然會希望姊姊就這樣死去！竟然為此感到高興！我真是世上最差勁的人了！這是小時候擁有這種自覺的我，所抱持的恐懼。

但現在我應該已經允許自己有這樣的想法了啊，現在竟然又對接獲姊姊急症發作的通知而感到開心的自己產生動搖。想殺掉活蹦亂跳的姊姊，和希望病倒的姊姊就這麼死去，我覺得這是兩種不同的罪，對此感到可怕。後者感覺比較真實。我是真的很希望姊姊死，這不是逃避現實，不是自暴自棄，也不是逞強，是純粹發自內心，很認真的想法。

不過，也許我的父母也感覺到這種恐懼。爸媽該不會其實也希望姊姊死吧？因為這絕對是最好的結局，這樣不論是對世界，還是對我們，都絕對有益無害，其實他們兩人應該也明白這個道理才對。你們明白對吧？

我望著爸爸的灰色西裝，然後坐上電梯。微微飄來一股既像藥水，又像酒精的氣味。之前推落姊姊的電梯裡，沒有這種氣味。當時是水泥和塵埃交混的冰冷氣味。為什麼我會在夢裡的世界將姊姊推落呢，這讓我深感不可思議。現在還是百思不解。

走出電梯後，左轉的走廊前方病房裡，媽媽就在裡面。媽媽低著頭坐在空床旁的一張鐵管椅上，她一見到我，旋即露出溫柔的微笑。剛才爸爸摸我頭的時候，也很溫柔。他們沒想過要殺死健康的家人，或是希望生病的家人就此死去。女兒得的是不足以致命的小病，他們是真的關心她，替她擔心，甚至不惜將忙於課業的妹妹叫來，就是這麼善良的父母。

「剛才送進手術室了。是用腹腔鏡就能進行的手術，所以不會花太多時間。我跟妳姊姊說麻友也會來，她很開心。」

「……是嗎。腹腔鏡？」

「嗯。不是朝腹部劃一大刀，而是劃開一個小口，從那裡伸管子進入體內。」

「哦，那我懂了。」

「嗯，所以不會有事的。」

就算死不了，但有沒有可能長期住院呢？我心裡這麼想，然後再度對期望這種真實而又殘酷的情況發生的自己感到畏怯。時而開心，時而畏怯，時而沮喪，我自己一個人忙著胡思亂想，跟傻瓜似的。我對姊姊的喜悅、期待、失望、恐懼，都無法和任何人共享，沒人可以理解，就只能在我心中暗自來去。身處在這種龐大的情感中。

造成姊姊送醫的腹痛，有可能發生在任何人身上，沒有清楚明確的原因，也沒有什麼預防之道，是很普遍的小病。只要動手術切除病灶，大多能完全康復，既不會留下後遺症，術後狀況也都良好。不過，聽說痛起來要人命，發病後，光靠一般止痛藥壓制不住疼痛，痛得非得叫救護車不可。

因為沒看到姊姊因劇痛而痛苦的模樣，所以我對這種病的印象，是姊姊平安被推出手術室，因麻醉而熟睡的美麗模樣。多美的病啊。無法取姊姊性命的病。

我留父親獨自一人在那裡等候姊姊醒來，傍晚時和母親一起搭計程車返家。望著車窗外陌生的景象流逝，我心想，真搞不懂自己去醫院幹什麼。姊姊沒死，而且我也沒能跟她講到話。

不過，中午在醫院內的餐廳吃到很可口的咖哩飯。之前的印象都是醫院裡的飯菜很難吃，所以這讓我有點驚訝。真希望姊姊也能嘗嘗。

隔天一早，我因為鬧鐘鈴響而醒來。感覺睡得比平時還要沉，因為沒從隔壁感覺到姊姊的氣息。

父親入夜後回到家，聽說姊姊清醒後，他們小聊了一會兒。姊姊說「我想吃草莓」。今天爸媽下班後，一定會買已經過季的昂貴草莓去探望她。

我和平常一樣出門上學。時間和平常一樣流逝，早上的班級時間結束後，過了一會兒，手機馬上傳來通知。一時間，我以為姊姊又怎麼了，但上面顯示是杏奈。訊息寫道：『小凜不要緊吧？』

我正打字回覆時，又傳來了LINE的訊息，這次換高梨。『不好意思』、『倉石同學不要緊吧？』、『倉石，姊』、『前天傳了很多話，抱歉』，手機接連震動。全都是關心姊姊的內容。

姊姊就是有這項好處。

不管什麼時候，最後這世界都會原諒她。

大概是在此時的班級時間裡，一班的導師告訴他們姊姊因急症住院的事。欺負乖巧的同學，毀了氣氛歡樂的慶功宴，就此被徹底孤立的姊姊，突然病倒了。聽聞此事後，杏奈和高梨都馬上向我聯絡，是因為他們都是好人，擔心姊姊的安危，而且對姊姊寄予同情的氣氛，在一班全體中占優勢。要繼續責備一個患重病住院的人，著實困難。因為責備一個虛弱的人，會給人一種罪惡感。

振作一點啊，一班。姊姊的罪過和生病一點關係也沒有。

看到高梨傳來的『抱歉』，我漸感怒火中燒。道什麼歉啊。原本明明那麼生姊姊的氣，現在不過是來了一場急症罷了，怎麼能就這樣原諒她呢。那傢伙的惡是邪惡，絕不該因為這麼點小事就原諒她。

姊姊向來都是這樣。也不知道該說是運氣好，來得湊巧，還是她有這方面的才能。小時候許多人一起惡作劇、嬉鬧，結果全部一起挨罵的場面，在被大人發現的那一刻，往往就只有姊姊表現出一副乖寶寶的模樣，或是很湊巧地不在訓話現場，就這樣若無其事逃過責罰。然後她擺出一副與已無關的神情，再度犯下同樣的過錯。

姊姊出院重返校園時，一班的同學們一定會充滿溫情的接納她。而姊姊也會一副理所當然的神情，接受他們的原諒。當然了，她完全不會後悔和反省，所以又會慢慢地傷害周遭的人，讓他們感到不愉快，毀了別人的好心情和重要的時間，讓這一連串的麻煩事重新上演。

其實只要殺了她，就能防止這一切發生。

我和平常一樣度過了上午和下午。

沒感到特別開心或特別難過，很祥和的一段時間。不過，隨著放學時間逐漸接近，我漸感侷促不安。我決定放學後要去醫院探望姊姊。去探望她，然後和她聊許多事。因為昨天什麼都不能做，所以今天有許多事可聊。

我閉上眼睛，從沉睡的姊姊手臂延伸出的點滴管以及與它相連的透明袋，浮現在我眼皮裡。電視的連續劇裡，常可以看到有人對點滴動手腳，以這種手法殺人的場面。這種犯罪手法，有多少真實性呢？不會馬上在護理師或醫生面前穿幫嗎？不過等等，話說回來，為什麼我會這麼想……

緊閉的眼皮感到溫熱。

太陽照向我的臉。

我心想，真舒服，但再曬下去會曬黑，於是睜開眼睛。眼前有一朵在深綠色葉片包圍下綻放的小白花。

我望向一旁，發現坐在景觀石上的繪莉，正一本正經地動手在她擺在膝蓋上的畫板上畫花。繪莉畫得很好。在這天最後一堂課的美術課一開頭，因為老師說今天天氣好，我們到戶外自由寫生吧，繪莉高興得大聲歡呼。

雖然我的畫功完全不行，但我也喜歡這種戶外教學。不過，今天我完全無法專注。雖然決定以開在校舍後方的不知名小花當主題，但我擺在腳上的圖畫紙上卻只畫了幾條連形狀都看不出來的線條。

「妳醒啦？」

我因聲音而抬頭，再次望向身旁，發現繪莉的視線停在小花上，嘴唇微動。

「妳睡著了對吧。」

「不……我沒睡。」

「妳有五分鐘完全沒動，或許更久。」

「我是在……想事情。」

「在想阿佳嗎？」

「咦，不是。」

「那麼，是在想妳姊姊囉。」

「啊……」

嗯，我點頭。

我昨天傳LINE告訴繪莉姊姊住院的事。我不太想跟她說姊姊的事，但我臨時早退，她應該會替我擔心，所以不得已，還是得跟她說一聲。

繪莉突然趨身向前，臉貼近那朵白花。設計的基本原則，就是要觀察對象。

「我們一起去探望她吧。」

「咦？」

繪莉朝我瞄了一眼，剛好與我四目交接。我張著嘴，但遲遲講不出話來。咦，可是……

「為什麼？」

我很直接地問道。

「嗯，就只是想去。」

繪莉噘起粉紅色的嘴唇。

「不用那麼大費周章啦。」

「是嗎。」

「嗯。」

「是嗎。」

嗯，我再次點頭，這場對話就此結束。

一起去探望。我嚇了一大跳，但其實也不必這麼驚訝吧。繪莉就只是提議要陪我一起去，並不是因為我圖謀不軌的事情穿幫。

「麻友。」

「嗯？」

繪莉再次出聲叫喚，我朝她偏著頭。我斜眼望向她，只見她仍專注地望著小花。我也隨手動起畫筆，在這堂課結束前，好歹得畫出外形的線條才行。

「可以接受我的人生諮詢嗎？」

「咦，好啊，請說。」

「之前不是跟妳說過，我有個哥哥嗎？」

「嗯。」

「我哥他……」

繪莉說到這裡突然停頓，沉默了一秒、二秒。我再次往旁邊的她偷瞄，繪莉的視線落向膝蓋上的畫板。

「還是算了。」

「咦？」

「沒什麼，只是覺得……抱歉。」

「沒關係。不過，妳哥他怎麼了嗎？」

「嗯……」

繪莉以橡皮擦擦去剛剛才在圖畫紙畫下的線條。一陣風吹來，她柔細的頭髮隨風搖曳。她的劉海形成暗影，看不出她此時的表情。

「我哥是繭居族。」

「咦？」

「有時我會覺得很苦惱，不知道該拿他怎麼辦才好。」

「啊……原來是這樣。」

「嗯。」

呼～繪莉重重吁了口氣。接著她緩緩把手伸進口袋說道：「要吃巧克力嗎？」在我回答前，先遞了一個金色包裝的巧克力給我。

「啊，謝謝。」

「不客氣。」

「咦，妳說妳哥是繭居族……是怎樣的情形？是有點可怕的那種嗎？不，我的意思是……」

好友的哥哥是繭居族，面對這突如其來的資訊，我不知該用怎樣的形容才好，一時為之語塞。手中接過的巧克力散發甘甜的氣味，與太陽和花草的氣味交混在一起。總是個性灑脫，隨身攜帶甜點的繪莉，竟然會為哥哥的事煩惱，我完全無法想像。過去她從沒跟我談過這類的事。為什麼現在突然提起？

「他會動粗嗎？」最後我還是很直接地問了。

「不，沒那麼可怕。」

繪莉微微一笑，接著說道：「不過，偶～爾會聽到像是跟父母吵架的聲音。」偶爾的「偶」字拉得特別長。

「這樣啊。」

「嗯。所以我忍不住思考起父母死後的事。」

繪莉以立起的膝蓋托腮，向我問道：「妳不會這麼想嗎？」看到她那筆直望著我的雙眸，我心想「咦，難道她……」

難道繪莉已經知道姊姊的事？姊姊的真面目。姊姊其實很壞，不管我再怎麼隱瞞，但繪莉交友廣闊，就算透過某個管道聽聞姊姊使壞的事，也不足為奇。

繪莉的眼中閃著光芒，似乎在表示她與我有同感。就像在說，我的心情妳應該也能理解吧。沒錯，如果不是這樣的話，會突然講這種事嗎？

還是說，不是這麼回事。可能和姊姊完全無關，繪莉就只是在她個人適合的時機下談到自己的事，而且也是因為我遭遇的情況，才作出這樣的反應。

「會這麼想……不，我不會這麼想。」

聽我這樣回答，繪莉笑著說道「到底是會不會啦」。我思索了一會兒，語帶含糊的應道：「那麼久以後的事，我沒去想。繪莉，妳都在想哪些事？」

「呃……我都在想，我要不要養他、我會不會跟他吵架、父母也會希望我這麼做嗎？」

「這種事……」

我講得有點大聲。我自己在心裡暗叫「啊，太大聲了」。不過，心裡湧現的情緒太強烈，這也是沒辦法的事。這種事……

「跟繪莉妳沒關係吧？別管它就好了。」

「咦～」

繪莉見我叫這麼大聲，笑著應道：

「不過，我們畢竟是一家人嘛。」

「不，如果是繪莉妳想這麼做，那就無所謂，不過……如果妳不想的話，應該和妳沒關係吧？雖說是家人，但說到兄弟姊妹，其實……根本就是外人嘛。」

「這個嘛，或許就像妳說的。」

「比起家人，繪莉妳自己更重要。」

我內心有點慌亂。看起來一直都是那麼幸福的繪莉，竟然會為哥哥的事煩惱，而且之前始終都沒讓我知道。雖然我知道世上根本沒人是完全沒煩惱，而且一概不會跟朋友談到家人的事，這也是常態。

繪莉說這是人生諮詢。也就是說，她想詢求我的意見。真要我說的話，我認為繪莉應該是個沒半點陰暗面的幸福女孩，所以我希望她能為自己的幸福而活。

「一般來說，只要保持普通距離就行了。」

「嗯，說得也是。不過，這樣不會太冷酷嗎？」

「才不會呢。就算真是那樣，又有什麼關係。我認為妳要以自己為首要考量，保持適當的距離感，這樣比較好。」

「這樣啊。」

繪莉雙手抱膝，弓起身子，悠哉地應了聲「說得也是」。

雖然是在慌亂中臨時導出的結論，但我自認沒說錯。要以自己為首要考量——雖然這是很主觀的意見，但我絕對沒亂說。雖是家人，但還是要重視距離感，重視自己。我認為這是很正經，而且又有獨立想法的意見。但同時也覺得，為什麼我要對別人的家人發表如此正經的意見呢。我對自己的家人明明就什麼也掌握不了，而且不懂什麼是對，什麼是錯，更不知道該怎麼做才好。如果是別人的家人，就能馬上察覺哪裡不對勁，還能說出客觀的意見。

「就連挑大學也一樣，我其實想去東京第一志願的大學，展開一個人的生活，但又感到不安。感覺就像拋下那樣的家人，自己離家而去。」

「才不會呢。這一點關係都沒有。」

我雖然這樣說，卻覺得聽了很刺耳。對別人都可以說得正經八百。那我自己呢？我又是怎樣的情形？

聽起來，就像從我口中說出的話，原封不動地回到我自己身上，但我就像摀住耳朵不想聽一樣。想向朋友傳達的話語，自己卻百般抗拒，不願接受。我這樣未免也太狡詐了吧。

也不知道繪莉是否看出了我的內疚，她挺直原本弓起的身體，以爽朗的口吻說一句「或許真是這樣吧」。接著她又從口袋裡取出一包巧克力盒，給了我一顆，說：「這是妳聽我說話的謝禮。」

不客氣——我無法坦然地回她這句話，就只是很含糊地點頭說：「嗯、嗯。」我想吃巧克力，所以就直接收下了。

我們吃著點心，很認真地投入寫生中。那可愛的花朵，我愈畫愈覺得自己是在弄髒畫紙，完全拿不出幹勁，最後幾乎放棄作畫，只想享受日光浴。

腦中還在思索剛才自己說過的話。「只要保持普通距離就行了」，這是我說的話嗎？

「啊，再五分鐘下課。」

以手機確認過時間後，我們結束作畫。得回美術教室繳交寫生作品。我站起身，拂去裙子上的沙。我們並肩走在校舍後方時，繪莉突然開口道：

「不過，我這樣的不安或許是誇張了點。」

我一聽馬上明白，這是在延續之前的話題。

「嗯。」

「之前好像在新聞上看過。」

「嗯。」

「在日本發生的殺人案……」

「咦，嗯。」

「聽說家人動手殺害的案子，占了一半以上。」

「哦～」我如此回應，但我其實真的很驚訝。

今天我不是搭計程車，而是坐電車前往醫院。

我第一次在這個車站下車。以車站內的周邊地圖確認地點。從最近的出口來到戶外後，可以望見遠方的醫院屋頂。

天空還很明亮，一樣是好天氣。寬敞的人行道上行人稀少，四線道的車道上也沒什麼車輛行駛。我一面走，一面不經意地望向馬路旁的店面。

有咖啡廳、美容院、牙醫診所、房屋仲介、便當連鎖店、咖啡廳、不知道是什麼的事務所、事務所、保險諮詢窗口、蛋糕店。

蛋糕店。以綠色的藝術字寫下「Patisserie KOJIMA」的白色招牌映入眼中。從大面窗戶和透明的自動門，可以看見身穿白色制服的店員，以及擺滿五顏六色蛋糕的展示櫥窗。雖是這種不太起眼、有點冷清？有點靠近郊外的車站附近糕餅店，但外觀倒是頗為時尚。雖然我沒特別注意，但來到店家的正面時，目光剛好看到上頭有草莓的粉紅色蛋糕。

姊。

不知道她能不能吃蛋糕。

我穿過自動門，踏進Patisserie KOJIMA店內時，我說過的「只要保持普通距離就行了」這句話再度浮現腦海。接著想起昨天聽聞姊姊被送進醫院的消息時，我那開心雀躍的心情。

不過，要是我買蛋糕的話，姊姊一定很高興。

店員朝我微笑，以開朗的聲音喚道「歡迎光臨」。我低頭看擺滿蛋糕的展示櫃，望著那亮晶晶的慕斯和閃閃發亮的果凍，我假裝很認真在挑選，但腦中其實想的是其他事。

買蛋糕給自己想要殺死、希望她死的對象，這到底是安什麼心啊。此刻我腦子裡想的，是姊姊如果喜歡的話，我也會很開心。

我明白，就算我討姊姊歡心，也得不到半點好處。姊姊算不上這世界的嚴重威脅，就算我討她歡心，她一樣會很不講理的拿我出氣，所以我這麼做根本是無益之舉。我迷失自我，討好姊姊，傷害自己重視的朋友，國中時那段痛苦的回憶，我到現在也還沒忘。

我不該想著要如何讓姊姊開心。只為了姊姊那一時的笑臉，而用我寶貴的零用錢買蛋糕，怎麼看都不應該這麼做。但我沒辦法，誰教姊姊喜歡上面有草莓的蛋糕呢。所以我應該殺了姊姊！

我猛然一驚，抬起頭來。店員正笑容可掬地望著我。「等您決定好之後，我再問您。」

「請問……這可以放多久？」

「這邊的生菓子最好今天吃。而這些燒菓子，保存期限都寫在後面。」

「呃……那麼，我買這個。」

「謝謝您。這樣是八百日圓。」

店員拿起那用透明的玻璃紙和綠色緞帶包裝得很漂亮的點心，放進白色紙袋裡。那是粉紅色的馬卡龍。還能放四天。如果選它的話，什麼時候想吃都行，而且光是想到有個這麼漂亮的東西擺在枕邊，就會有好心情。住院的生活好像很枯燥，有個會讓自己感到幸福的東西在，應該不錯。其實姊姊可能會比較喜歡草莓蛋糕，不過，那就留待出院慶祝時再送吧。

接過紙袋後，我小心翼翼地拿著，走出店外。來到人行道上仰望醫院，發現遼闊的天空已開始蒙上黃昏的金黃。

櫃臺在A棟，姊姊入住的病房在B棟五樓。昨天我都跟著爸媽走，所以既沒看路，也不記得該怎麼走。我循著牆上的樓層指引朝病房走去。

A棟到B棟的遊廊上掛著照片。好幾張放大的照片，採等間隔掛在右手邊牆上。左手邊隔著玻璃窗可以望見中庭，前方是一整排沒有椅背的方形沙發。

沒人坐的沙發看起來頗具吸引力，我毫無意義地朝它坐下，正好望向正前方的照片。一張縱長的照片，拍攝出某座險峻山峰的日出畫面。

不論是山還是太陽，我都不覺得有多漂亮，說不上喜歡，也說不上討厭，看了也不會多感興趣，但此刻坐在這裡欣賞，就覺得這張照片拍得真好。照片裡沒拍人，更是值得誇讚。照片中一概沒拍出愛情之類的元素。

走廊上來來去去的人，多次從我視野中橫越。那是穿白袍的醫生、穿病患服的患者、坐在輪椅上的老人和推車的護理師。我的周邊無比寧靜，但遠處傳來各種雜音。

感覺進入我視線中的其他人一定也有家人。這或許只是很一般的快樂狀態，但你知道嗎？在日本，家人殺害自己家人的案例，好像占了五成以上呢。

拜託，這也太可悲了吧。我嘆了口氣後，心中發出「咦」的一聲驚呼。不對，我剛才的想像不對。家人殺害自己家人的案例，占了五成以上，原來如此。這並非表示日本的家人有一半以上都會互相殘殺。其實它的意思就只是說，發生的殺人案當中，有一半以上是發生在家人之間。

要是有一半的家人都會互相殘殺的話，人們就全死光了。作出如此離譜的誤解，我自己也笑了起來。

不過，這件事還是一樣可悲。人們會想殺死自己的家人，並不是什麼多稀罕的事。以前我堅信這是不可饒恕的事，因此內心受創，在允許自己可以抱持這種想法之前，歷經了許多內心糾葛，而現在才知道，這原來是很普遍的事。

繪莉告訴我這件事後，我在搭電車來醫院的路上，以手機上網查詢這方面的雜學，有種被騙了的感覺。這世界一直向人們宣揚一種奇特的價值觀，告訴人們家人有多麼美好，不容存疑，但仔細想想，要碰巧與自己家中的成員都合得來，而且同住數十年都感情融洽，不會覺得痛苦，像這等幸運不會發生才是常態吧。就連理應是自己挑選對象的夫妻都會離婚了，那麼親子或姊妹，在開始有自我意識後是否能一直感情融洽，真的只能看運氣了。就像是否天生就是美女，是否天生就有一雙快腿一樣，純粹看運氣。

要是以前有人能這樣告訴我就好了。想殺了家人是吧？也是啦，這是常有的事哦。

一名像是住院患者的孩子開始朝我上下打量，我站起身，朝B棟的電梯間走去。

並不是發生了什麼決定性的插曲。

不過，日常生活中一再累積的小事、我的所見所聞、聞到的氣味、說過的話，與我沒有直接關聯的周遭人的生活，這種種的一切，在此時此刻讓我下定了決心。

我知道自己是在非常真實的溫度下希望姊姊死去。一班的人好不容易將姊姊逼入絕境，但我卻就這樣原諒了姊姊。我第一次告訴別人我對有紗所做的事；繪莉在我的重要時刻向我坦白說出她哥哥的事；我自認一直都瞞著姊姊的惡沒讓人知道，但感覺已經穿幫的事；我爸媽似乎不希望姊姊死；如果時間倒轉，我一定馬上就會對阿佳不感興趣……這些事都只占當中的一小部分。

還有，最近我又長高了一點。愛吃的東西和姊姊愈來愈不一樣。媽媽頭痛的頻率愈來愈高。球賽大會執行委員的活動很有趣。今天天氣特別好。這種種事物的累積，造就我此刻所作的決定。

在殺死姊姊之前，我要和她大戰一場。

五〇五號房是面向西北方的四人房。從滑門進入後，右手邊靠窗的床位，是姊姊昨天手術後，剛從單人房移過來的病床。我躡腳走近後，發現區隔的窗簾微微打開一道縫，我從縫隙往內窺望。調成坐起的病床上，姊姊上身悠哉地倚在床上，靜靜望著窗外。

從毛毯上伸出的左手，手肘下方延伸出點滴的滴管。她的手臂內側、從水藍色病患服的衣領處露出的脖子、臉頰、前額，都沐浴在夕陽下，姊姊全身散發出柔和的金光。長長的黑髮化為彩虹的顏色。

光是這樣處在夕陽晚照下，姊姊便充滿了戲劇性。一位病床美少女。呈現出彷彿隨時都會吐血而死，讓全世界為之悲傷的氣氛。她察覺到我的氣息，緩緩將視線投向我時，那纖細的動作，看起來宛如抒情曲宣傳短片中的一幕。就像高潮前的轉調，是最令人感動的地方。

「麻友。」

她的柔唇輕揚，以完美的形狀露出微笑。

「妳來看我啦。」

那微微沙啞的聲音、夢幻的笑容，都令我胸口為之一緊。

我覺得姊姊惹人憐愛、漂亮、柔弱、什麼也沒做錯、無比正直善良、聖潔完美，是個值得守護的人。竟然會希望她死，真是瘋了。我的聽覺和視覺所接獲的訊息，讓我感到心痛。但我知道這是假的，因為我是她妹妹。

「妳身體還好吧？」

我打開擺在床邊的鐵管椅，朝它坐下，書包和裝有馬卡龍的紙袋擺向腳邊。床舖比椅子還高，所以是微微抬頭望向姊姊。姊姊皺著眉頭說：「我肚子痛。」

「開刀的部位很痛。」

「這樣啊。因為開過刀。」

「是啊，嚇了我一大跳。」

「很突然對吧。因為前天晚上明明還很正常。」

「是啊，原本還很正常。」

望著噘起小嘴的姊姊，我突然想起，對哦，之前和清醒的姊姊見面，是前天晚上，她回到家裡，蠻不講理地大動肝火，還拿書包砸我的那時候。姊姊對那件事一點都不會覺得不好意思，可能也已經忘了。「真是的，累死我了。」她嘆了口氣。

「點滴也還不能拆對吧。」

「是啊，很礙事。」

「看起來挺麻煩的。」

「嗯，不過，我從晚上已經開始能進食了，所以護理師說，明天或許就能拆了。」

「這樣啊。」

「嗯，不過，有位很不會抽血的護理師，說話噁心又討人厭。到時候如果是她負責幫我拆，我不想讓她碰，我會自己拔點滴管。」

呵呵呵，姊姊輕聲笑道。可愛的姊姊一定很受護理師們的疼愛，大家都很親切地待她，想必過得愉悅滿足，沒任何不便，所以才會這麼快就找到看起來好欺負的人，開始霸凌對方。這是姊姊的習性，所以沒什麼好驚訝的，但我只是覺得，姊，妳昨天才剛住院動完手術，動作未免也太快了吧。

「一班的同學有跟我聯絡哦。」

我開口提到這件事。

姊姊微微瞇起眼睛，露出不屑的神情。「為什麼？」

「他們問說，小凜不要緊吧。」

「哦～誰啊？」

「杏奈和高梨。」

「這個好笑。」

姊姊拉起蓋在膝蓋上的毛毯，又呵呵笑了起來。和剛才一樣，略微沙啞的甜美聲音，不過音調有點低。只有我才聽得出來。

「好笑嗎？」

「嗯。明明就是他們在霸凌我。」

「霸凌？」

「沒錯。不過現在已經都無所謂了。」

「怎麼會無所謂呢。」

我說。本以為是用很正經的聲音說出這句話，但語尾卻有點顫抖，顯得很窩囊。姊姊一時收起臉上的笑容，側著頭應了聲：「嗯？」我又說一次「怎麼會無所謂呢」。

「杏奈和高梨對妳做了什麼？」

「妳指的是什麼？」

「妳說自己被霸凌，講得輕描淡寫。但具體來說，他們對妳做了什麼？」

「咦？他們嘮嘮叨叨地對我講了許多話。」

「我聽說是因為妳霸凌班上的同學呢。」

「我才沒霸凌別人呢。」

「聽說是嘲笑對方的外觀和說話方式。」

「哪有，我不記得。麻友，妳應該知道，我一直都很正直的。」

這樣就說我是霸凌，根本是存心找碴，這樣我可傷腦筋了——姊姊垂落雙肩，深深嘆了口氣。這是用來責備我的嘆息。

「姊，妳這個人啊……」

我朝喉嚨使力。

「為什麼個性就這麼壞呢。」

姊姊陡然睜大眼睛，注視著我。

空氣頓時為之緊繃。

「壞？」姊姊搖頭，甩動頭髮。

「真的很壞啊。妳長得漂亮，頭腦又好，其他方面也……說什麼有什麼，但為何就這麼愛說別人壞話……這麼愛傷害別人？我講的不光是這次你們班發生的事。還包括過去發生的一切。為什麼？妳應該能溫柔的對待別人吧？」

「啥？」

「抱歉。或許我自己也很壞。要不是妳現在這麼虛弱，我根本就不敢開口這樣問妳，我覺得自己很過分。但現在不問，我一輩子也沒辦法開口問。我……我……」

我希望姊姊死對吧？

要是姊姊不死，我就無法擺脫姊姊。

一直因姊姊的一舉一動而害怕，努力想讓姊姊開心，被姊姊隨意地傷害，不斷耗損自己以及周遭人。因為……

「我很喜歡姊姊對吧？」

沒錯。

是這樣沒錯吧？

所以姊姊非死不可。所以剛才在挑選蛋糕時，我發現光保持距離是沒用的。

因為是家人，要保持距離不是件容易的事，但應該也不是完全不可能。世上並非全然都是住在一起、感情很好的姊妹，彼此相隔遙遠的兩地，好幾年都不曾聯絡的姊妹，應該也是很普遍。與家人斷絕關係，自己一個人過得好好的，這種人應該也不少。我一定也能以他們當目標。要是找人諮詢，對方一定也會給我這樣的建議。事實上，我也毫不猶豫地對繪莉這樣說，而國中時，有紗也曾這樣對我說。

對這世界來說，姊姊並不是多嚴重的威脅，這點我也知道。應該說，這世上的威脅多得數不清，並非只有姊姊，我們可以說每個人都有可能成為這世界的威脅，而我也知道我不是責任感那麼強烈的人，會相信自己非得將這些威脅全部殺光不可。

儘管如此，我之所以還是堅持要殺死姊姊，是因為我心裡明白，我根本無法和姊姊保持距離。只要姊姊活在世上，就無法與她保持距離。只要姊姊活著，我便無法甩開她。

只要姊姊叫我，我一定就會搖著尾巴奔去。如果姊姊沒叫我，我也會一直在心裡想，為什麼她不叫我呢，然後白白浪費人生。要是姊姊叫我做壞事，儘管一開始會拒絕她幾次，但要不了多久，我就會自己乖乖配合。

因為我一直被姊姊欺負、傷害、對她唯命是從，所以我心裡抱持期待，以為總有一天辛苦會得到回報。雖然我早就應該發覺，完全不記得自己霸凌別人、傷害別人，自己做過的事完全不會擱在心上的姊姊，根本不可能給我任何回報。

打從我懂事起，就和我在一起的姊姊。不時會溫柔地待我，感覺和我很親密的姊姊。不時顯得很兇惡，有時讓我對她的兇惡感到著迷。一邊開心笑著，一邊動用暴力，傷害我的自尊心，奪走我的好友。我那世上唯一的姊姊。

和姊姊沒留下任何發生，就這麼分離，我不要。身為家人，我對姊姊有多年來一再累積的愛。也有從小便一再受姊姊迫害，完全沒和她算過帳的這股恨。

因為對姊姊既愛又恨，所以無法就這樣離開她。

因此，要用戲劇性的手法殺了她，暢快地作個了結，這才是最好的做法！如果我能殺了姊姊，得到這樣的發展，我對她的愛恨都將得到療癒！

我希望姊姊隨著這個發展一同消失。這麼一來，我就能大感暢快，就此放心了。如果是已死的姊姊，我就能毫無風險地喜歡她。

我心中就這樣接納了這個想殺死姊姊的理由。

因此，我是真的這麼期望。

「我希望姊姊是個好人。」

我鼓起勇氣，與姊姊四目交接。

姊姊微微抬起下巴，俯視著我，但她很仔細地聽我說，並思考我說的話。

「就算不是很完美的人也沒關係。不過，我希望妳不是個壞人。會對人感到不耐煩，想要整人，任誰都會有這種時候。不過，我希望妳能成為一個可以忍住這種衝動的人。也希望妳別再偷東西，或是使用暴力……我認為姊姊妳根本沒必要做這種事。」

只要姊姊不再那麼壞，一切問題都會解決。她只要當個普通壞，或是偶爾有點小壞的姊姊，我對她愛恨的程度也會變得比較普通。因為我們是家人。對自己原本最喜歡的姊姊，變成普通喜歡，這也算是一種幸福吧。如果她能變成一個我沒必要加以殺害，也沒必要離開的姊姊就好了。

我明白這是不可能的事，心中早已看破。就是因為不可能，才計畫要殺了她。不過，我從未如此認真向姊姊傳達我心中的願望。我一直都在閃躲，不敢真正和她面對面。這是我第一次如此認真的傳達出心中的想法。

「如果是姊姊妳，就算不用這種向人搶奪的方法，或是排擠別人的方法，也還是可以很幸福。」

這時，我眼前突然為之一暗。

因為太過突然，或者應該說，因為我一直筆直地注視著姊姊的雙眼，和她說話，所以才沒注意到她逼近的黑影。

當我猛然驚覺時，額頭左側已傳來一陣劇痛。是我劉海的髮根處。那宛如被硬生生扯下的痛楚，讓我大喊吃不消。

我碰觸某個緊握我劉海的東西。

細長、柔順、冰冷的手指。

我好不容易重新聚焦，看清楚那黑影的本體。

姊姊一把握住我的劉海。

「臭丫頭！」

姊姊以冷漠無情的聲音，對愣在原地，發不出聲音的我說道。

「很囂張嘛。」

我豎起指甲抓向姊姊手背，
甩開她的手，站起身，
握住插有小白花的花瓶，
使足全力高高舉起，砸破姊姊的額頭。
鮮血從她額頭噴濺而出，灑滿我全身。
我對已死的姊姊大喊：「去死吧！」

這一切像瞬間的閃光般，浮現我腦中，我靜靜地聆聽、觀看。
充滿戲劇性的插曲。
彷彿可以弔唁我和姊姊過去的一切。
被姊姊傷害、傷害周遭人、厭惡我自己，這一切都能就此平靜死去。太棒了，這是
我一直想像的小插曲。
不過，我就只是朝姊姊的手摸了一下。
我的髮根還傳出刺痛，但說來也真不可思議，我的心情無比平靜。

姊姊向來都不聽人說話。

對姊姊來說，對話不是意見交換或是言語交流，而是如何替自己賺取分數，造成對手傷害的一種勝負。姊姊無時無刻都想贏。想讓對方落敗。她不會與人展開認真的對話。

沒辦法了。因為這就是姊姊所選的答案。

OK，這下我就看開了。

我跟姊姊之間的轉捩點，已經不需要了。

我想，應該沒問題才對。我心中已累積了許多連小故事都算不上的點點滴滴。我對姊姊的愛恨，就這樣在無法昇華的狀態下維持原樣，就此放手，捨下。

「抱歉，姊姊。」

我表情扭曲，發出幾欲放聲大哭般的聲音。我反覆說著「抱歉」，姊姊就此放鬆手指的力道。

「拜託，真是的，很痛耶。」

姊姊如此說道，把自己的左手拉回來。似乎是因為插著點滴的手臂突然行動，插針處覺得疼痛。活該，我連這樣的念頭也沒有，就只是覺得「說得也是啦」、「啊，這樣啊」。

我要離開姊姊身邊。

為了這個目的，如果有必要的話，我也得離開我最喜歡的爸媽，這表示會有許多艱苦在等著我。一定也常會覺得，殺了姊姊還比較輕鬆。而這大概就是殺人案有五成以上都是發生在家人之間的原因吧。家人要離開彼此，真的很麻煩。

不過我會努力。我自己也會好好加油，也會找許多人諮詢。我已經不再向周遭人隱瞞。今後我要欺瞞的，不再是我的周遭人，而是我的家人。

「抱歉，說了這些惹人厭的話。」我低下頭。一邊說著這句臨時想到的台詞，一邊覺得想笑。若無其事地說出違心之言，就像在做壞事似的，有點開心。

因為在我高中畢業前的這剩不到兩年的時間裡，要和姊姊同住一個屋簷下。我想盡可能在沒壓力的狀態下，平安愉快地過日子，所以我要用平靜的態度欺瞞姊姊，也要一併瞞過爸媽。此刻我已下定決心，要允許自己佯裝順從，欺騙家人，日後拋下他們，完全不負責任。

從車站走回家的路上，藍色的天空掛著淡淡的新月。

我一手拿著Patisserie KOJIMA的紙袋，取出裡頭的馬卡龍，邊走邊吃。花一般的甘甜香氣，還有那入口即化的酥脆口感，都相當特別，但坦白說，實在不怎麼好吃。這並不是因為Patisserie KOJIMA的手藝不佳，而是因為馬卡龍這種點心不適合邊走邊吃。

我最後還是沒將這個探望禮交給姊姊。我扮演一個懦弱無能、微不足道的妹妹，但我把滿心不悅的姊姊留在醫院沒再理會，自己回家。就維持這樣的平衡吧。我已經放棄姊姊，所以不會和她開戰。不過，我也不會再浪費力氣討她歡心、展開沒必要的對話、聽她講別人壞話。最後這兩年，希望我們能像感情一點都不好的室友一樣，維持這樣的溫度生活。

來到一如往常的十字路口。往右轉是小學，往左轉是遭姊姊霸凌的那個孩子的母親當初一把握住我手臂的公園。

我邁步往左走。維持同樣的步調，沒停下腳步，轉眼已來到公園入口。那裡有盪鞦韆、溜滑梯、長椅。溜滑梯已重新塗漆，與記憶中的顏色不同。印象中是黃色，現在則是水藍色。我坐下來吃馬卡龍，覺得很可口。

公園裡只有我一個人。現在已沒有會被一把握住手臂的孩子，以及有精神狀況的母親。過去的一切，現在都已煥然一新。

我心想，如果現在發生同樣的事……要是有個不認識的人突然一把握住我的手臂。到時候，我就大聲叫喊，全力逃跑，跑去報警求救吧。沒問題的，我一定辦得到。因為我已經不是小孩子了。今後我會愈來愈成熟。

我腦中浮現一個想法。

我以前從來沒對未來抱持夢想，但剛才走出姊姊的病房時，突然閃過一個念頭。

我日後就來當一位社工人員吧，輔導那些愛恨糾葛，就此湧現殺意的家人，讓他們能分開生活。想殺家人？這種心情我懂，確實會有這種想法呢——能很坦然地對他們這樣說。

不過，世事難料，或許我很快又會有不同的夢想。怎樣的夢想都無所謂。不管是怎樣的夢想，姊姊都已無法再妨礙我。因為我已決定要離她遠遠的，永遠和她斷絕關係。沒錯，兩年後，我將成為一名獨生女，所以我或許會無法理解那些想殺死家人的人是怎樣的心情。

有家人真好。真教人羨慕，因為我沒有家人。

姊姊在哭。這是夢的開端。

天空下著雪。是飽含水氣的沉重雪花。一接觸身體，便馬上融成冰水，毫不客氣地滲透肩膀和指尖。姊姊的白色圍巾和柔順的髮梢都已滲透，看起來很冰冷。她口中呼出雪白的氣息。

這天氣，這雪景，我印象很深刻。是我大學入學考放榜那天下的雪。

放榜前，我突然很想吃冰，為了前往超商而來到戶外時，已經是這樣的天氣。今年是暖冬，很久沒看到雪，所以印象深刻。這昏暗的天色，或許已預見我會落榜——這很不科學的不安從我腦中掠過。

買完冰棒，在回家的路上，我遇見姊姊。但情況不一樣，因為這是夢。現實中的姊姊當時沒哭。

「麻友」，姊姊在大雪中叫喚我。

果然不一樣。這一年來，姊姊都沒這麼親暱地叫我。

當我說想到東京念大學時，爸媽極力反對，態度比姊姊還要強硬。讓未成年的女孩隻身一人到東京生活，太危險了，不可以，這是他們主要的說詞。不過，我已經無法完全相信爸媽所說的話，所以我覺得他們反對的理由，其實另有其他。也就是說，他們不准我丟下姊姊，自己一個人到遠方去。不過這有可能是我自己鬧彆扭，想太多了。

不管理由為何，我早料到他們會反對，所以我花了不少時間，強耐住性子加以說服。我告訴他們「因年齡或性別而限制出路，實在太過荒謬」、「為了實現我自己想要的夢想，我非上那所大學不可」、「有件事我沒提，其實我從小就一直很嚮往那所大學」。我自己也試著用虛實夾雜的主張來說服他們，所以沒資格責怪父母沒說實話。

我多的是時間。自從高二那年夏天，我第一次告訴父母這件事，我每天都一再地向他們傳達我真切的願望，展現我認真用功的態度，持續讓他們知道，我是認真的。就算他們不接受，我也會花幾年的時間工作存錢，日後還是會朝同樣的道路邁進。起初當然只是出於想離開姊姊的動機。但隨著時間經過，我自己決定的這條未來道路已經逐漸在我心中化為真正的目標，與姊姊無關。原本是為了向父母報告，才認真調查起我放第一志願的這所大學，但就在這樣的過程中，我開始由衷覺得，我想要的求學環境就在那裡。

半年過後，當父母的態度逐漸軟化時，換姊姊說話了。「那麼，我也要去東京。」我要和麻友住一起。這樣的話，爸媽也就放心了對吧。麻友喜歡做家事，這樣可以幫我很大的忙。那我就和麻友念同一所學校吧。啊，不過坦白說，那所大學的水準有點低耶。沒關係，我就降級配合麻友的水準吧。

真想宰了妳這傢伙。雖然心裡這麼想，但我早習慣這種想宰了姊姊的想法，而且我知道現在已沒必要殺了她，所以我不慌不忙。我極力以平靜的聲音，望著姊姊的眼睛，清楚地回應道：「抱歉，我不想和姊姊同住。」

姊姊一時露出大感意外的神情，偏著頭說：「妳是認真的嗎？」從那之後，姊姊便不再用親暱的口吻叫我。

「怎麼了？」

姊姊因接連飄降的大雪而溼了頭髮，我向她詢問。她重重嘆了口氣，呼出雪白的氣息，低語道：「妳真的要去？」

「嗯，如果考上的話。」

妳如果考上第一志願，我們就同意妳一個人住。最後，父母對我開出了條件。雖然母親一直都板著張臉，但我私下曾找機會向母親詢問。「媽，妳知道我一直都想殺了姊姊對吧？」

我不知道——母親回答道。我很希望她的回答沒半點虛假。我認為，那或許就是最後決定性的關鍵。

而且，住在東京近郊的叔叔嬸嬸以及祖父母，都站在我這邊，這也是很重要的原因。要一步步移除障礙——我想起繪莉之前說過的話。如果他們不同意，我就靠自己的力量去，我是真的這麼想，但如果能得到父母及周遭人的支持，當然會更高興，也會比較安心。我這樣的想法或許太依賴了，但能利用的事，就該好好利用。

「要是沒考上就好了。」

姊姊以混雜在大雪中的沙啞聲音說道。

她是在說誰呢？她真的說過這句話嗎？也許說過。姊姊最後決定就讀地方上的大學。採推薦入學，進入法學院。

姊姊說她想當律師。「幫助有困難的人，是我想從事的工作。」我大為驚訝，心中滿是問號，在道德倫理上，允許這種事發生嗎？不過，我們地方上最難考的大學，姊姊直接就考上了，她的能力毋庸置疑，而且她出色的外表以及差勁的個性，只要能控制得宜，或許就能如魚得水。當然了，她的邪惡失控暴走，就此毀了一切，這樣的未來同樣可以預見。不過，不管她未來會怎樣，都和我無關。我已經作好決定，就算幾年後，從電視新聞上看到姊姊的名字成了加害者，我也會關閉手機電源，假裝不知道。因為我沒權利對自己姊妹的出路置喙。

「這和姊姊妳沒關係吧。」

是因為知道這是在夢中嗎，我以強硬的口吻回嘴。

姊姊低著頭，晶瑩的淚珠從她眼中滾落。她輕聲說了一聲：「妳不要去。」

這到底是在演哪齣？

在夢裡，姊姊說出真實世界裡的她絕不會說的話。這是在展現我深層的內心想法嗎？是我的心願？真正的願望？難道我心底還期望姊姊的挽留嗎？我本以為自己已經完全捨下，姊姊不管怎樣都和我無關，但一直到最後，我還是希望姊姊捨不得我走嗎？

如果是離開家鄉，真正會令我感到寂寞的人，除了姊姊以外，應該有很多人吧。大部分朋友都在畢業的同時，各奔東西。

高三一樣和我同班的阿佳，決定在地方上就職。我們班上就只有阿佳沒繼續升學，所以引起小小的傳聞。好像是阿佳家境不太好，雖然能靠助學貸款升學，但由於弟弟妹妹還小，為了讓家中環境更穩定，他決定暫時先工作。我和阿佳一直都是交情不錯的朋友，不過我從沒和他針對家人的事深談過。除了之前本來想告訴他我對姊姊抱持的殺意，後來就此打住的那一次之外。

阿佳的反應，讓我瞬間清醒過來，不過如今回想，就像當時的我有獨自面對的課題一樣，阿佳或許也有他相當重視，不容妥協的價值觀。我就這樣對他失去感覺，對他有點抱歉。不過，阿佳現在仍和杏奈交往，似乎很幸福，所以不管我是否對他失去感覺，一定也沒影響。

杏奈到地方上的大學就讀，高梨我記得是去了關西。不過，自從球賽大會之後，我就沒什麼機會和他們兩人交談，所以詳情我也不太清楚。就算不想見面，但還是會見面的機會，果然還是很寶貴。朋友果然還是外人，只要沒見面，距離就會愈來愈遠，無從抵抗。

我想一直和繪莉保有這份友誼，所以我們都會固定聯絡。

繪莉受學校推薦，錄取北海道的大學，比任何人都更早決定好升學管道。之前她明明都說她想去東京，為什麼突然改北海道呢？經詢問後，她說，那所大學有她感興趣的專業學科，這是原因之一。另一個原因她連對自己父母也沒提，她一本正經，只向我一個人透露這個秘密。因為她迷上北海道當地的搞笑藝人。以這樣的原因來選擇升學管道好嗎？雖然我一臉不安，但繪莉卻一臉幸福洋溢。不愧是繪莉，很大膽的女人。

關於她那繭居在家的哥哥，目前的狀況可說是一進一退，開始打工後沒多久，就又辭去工作，如此一再反覆。我和繪莉只要有空，就會講彼此兄姊的壞話。不過我們兩人都會離開兄姊身邊，所以日後熱絡地聊這種話題的情形一定會愈來愈少。

不過，這一切的前提得是我能順利考上。和我有好交情，要報考的又是同一所學校的同學，一個也沒有。就我一個。

我切斷飄向友人們的思緒，抬起頭，眼前沒有姊姊的身影。從灰濛的天空無聲飄降的雪花，落向剛才姊姊所站的柏油路上。

夢境根本就沒有任何意義，就只是大腦自己運作的呈現。

當我轉換心情，正準備邁步向前時，有個大大的東西，摻在雪花中，飄降在我面前。我伸手握住它一看，原來是我的准考證。

啊……真懷念。

考試當天早上，我明明放進書包裡了，但抵達考試會場後，卻遍尋不著。姊姊故意裝傻傳來『准考證別忘了帶哦！』的LINE訊息，我是在收到後才發現這件事。才知道准考證被姊姊偷走了。

姊姊的笑臉浮現我腦海。拚了命說服爸媽、一年半的苦讀、與好友道別的決心，姊姊讓這一切都化為泡影，為此露出得意的魔女笑容。

啊——

當時我記得好像是……

我馬上在考試會場請他們發一張臨時准考證給我，然後順利完成考試。

我事前就調查過，這所學校肯提供這樣的因應措施。所以我才刻意用書包當誘餌，擺在不知道會搞出什麼名堂來的姊姊面前。

當時我真是開心極了。

感覺就像戰勝姊姊的邪惡。考完試後回到家，應該是和姊姊打過照面。當時姊姊是什麼表情，我已經不記得了。這種事我不再感興趣。

「回家吧。」

不知何時，姊姊出現在我身邊。她已經不哭了。對，當時就是這種感覺。從超商返家的路上偶遇姊姊，她既沒哭，也沒笑，沒特別說些什麼，更沒有什麼情感的交流，就只是剛好一起返家，很久沒這樣了。耳中傳來我們兩人踩踏雪地的腳步聲。

我心想，就一邊吃冰棒，一邊等候放榜的時刻到來吧。這場夢就此結束。

我因刺眼的晨光而醒來。

在這面向東邊的房間，為了避開陽光，我翻身轉向一旁。

因為沒錢，這件事我一直拖延沒處理，不過，也是時候該買窗簾了。

戶外傳來陣陣鳥囀。

附近有座公園，一座我還沒去過的公園。

起床吧。

吃早餐囉。

微微殘存的夢境，消失在盈滿這個新房間的晨光中。

國家圖書館出版品預行編目資料

壞姊姊 / 渡邊優著；高詹燦譯. -- 初版. -- 臺北市：皇冠, 2022.04　面；公分. --（皇冠叢書；第5013種）(大賞；135)

譯自：悪い姉

ISBN 978-957-33-3864-2 (平裝)

861.57　　111002316

皇冠叢書第5013種

大賞｜135

壞姊姊

悪い姉

作　　者—渡邊優
譯　　者—高詹燦
發 行 人—平雲
出版發行—皇冠文化出版有限公司
台北市敦化北路120巷50號
電話◎02-27168888
郵撥帳號◎15261516號
皇冠出版社（香港）有限公司
香港銅鑼灣道180號百樂商業中心
19字樓1903室
電話◎2529-1778　傳真◎2527-0904
總 編 輯—許婷婷
責任編輯—黃雅群
美術設計—嚴昱琳
行銷企劃—蕭采芹
著作完成日期—2020年
初版一刷日期—2022年4月

法律顧問—王惠光律師

讀者服務傳真專線◎02-27150507
電腦編號◎506135
ISBN◎978-957-33-3864-2
Printed in Taiwan
本書定價◎新台幣340元/港幣113元